Brüder Grimm

.

Brüder Grimm

그림 형제 동화

Jacob Ludwig Carl Grimm & Wilhelm Carl Grimm 원작

천선란 추천

1판 1쇄 인쇄 2022년 3월 11일 | 1판 1쇄 발행 2022년 3월 25일

엮은이 길지연 | 그린이 최영란

펴낸이 정중모 | 펴낸곳 팡세미니 | 등록 1988년 1월 21일(제406-2000-000202호)

편집장 서경진 | 편집 정혜연 | 디자인 권순영 | 마케팅 김선규

온라인사업팀 서명희 | 제작 윤준수 | 관리 이원희, 고은정, 원보람

주소 경기도 파주시 회동길 152

전화 031-955-0700 | 팩스 031-955-0661 | 홈페이지 www.yolimwon.com

전자우편 bbchild@yolimwon.com

ISBN 978-89-6155-970-6 04800, 978-89-6155-907-2(세트)

Brüder Grimm

그림 형제 동화

그림 형제 원작 | 천선란 추천

팡세
미니

사랑이 대물림되면 동화가 된다.

나이 들어 짐을 지지 못하는

당나귀를 위하여.

차례

나는 쓸모없어진 브레멘의 영웅들과
사랑에 빠졌다

　그림 형제의 동화는 이미 유명하고, 또 어떤 동화는 애니
메이션으로 더 익숙하다. '라푼젤'이나 '잠자는 숲속의 공주'가
끊임없이 회자되고 사랑받는 것에는 응당 그러할 만한 이유
가 있을 것이다. 내가 좋아했던 이야기를 우리 엄마도 좋아했
고, 그리고 이제 태어난 아이들도 좋아한다. 아마 우리의 안에
서 우리만큼이나 오래도록 살아 숨 쉬는 이야기들은 그 사랑
이 우리의 입을 통해 대물림되기 때문일 것이다. 어린 시절, 무
심코 읽었고 그렇게 스쳐 지나갔다고 생각했던 이야기가 실은

우리 마음속에 차곡차곡 쌓여 지금 우리를 만들었다면, 그 영향력의 크기를 떠나 우리가 결국 듣고 자란 이야기를 어떤 형태로든 마음속에 품고 있다면, 나는 앞으로 그 이야기 바구니에 '브레멘 음악대'를 꼭 넣고 싶다. '브레멘 음악대'는 그림 형제의 동화 중에서 여태껏 접하지 못한 스타일의 동화이지만 나는 단번에 그 어떤 동화들보다도 더 깊게 '브레멘 음악대'와 사랑에 빠졌다. '브레멘 음악대'는 앞으로 새롭게, 그림 형제의 다른 동화들처럼 주목받을 작품이 되리라 믿어 의심치 않는다. 시대에 따라 동화는 재평가되기 마련이다. 그렇기에 어떤 동화는 시대의 흐름에 맞지 않아 수정되기도 하고 더는 이야기되지 못하지만 어떤 동화는 그 시대에 꼭 필요한 이야기가 되기도 한다. '브레멘 음악대'는 이런 이유로 아이들에게 읽어주어야 할, 그리고 우리가 다시 읽어야 할 동화이다. 나이가

들어 짐을 지지 못하는 당나귀, 너무 늙어 사냥을 하지 못하는 사냥개, 털이 빠져 장롱으로 쫓겨난 고양이, 아침이 오면 죽어야 하는 수탉을 받아주는 곳. 그곳이 어떤 곳인지 또한 그곳을 찾아 떠나는 이들의 용기가 어떤 것인지 궁금하다면 짧지만 따뜻한 여운이 남는, '브레멘 음악대'를 꼭 읽어보길 바란다.

소설가 천선란

King Thrushbeard

지빠귀 부리 왕

지빠귀 부리 왕

어느 궁궐에 아름다운 공주가 살았습니다. 공주는 자기의 아름다움을 내세워 청혼을 하는 사람마다 퇴짜를 놓으며 비웃었습니다. 눈이 큰 사람에게는 "부리부리, 두꺼비 눈!" 하며 망신을 주고, 몸집이 큰 사람에게는 "퉁퉁, 나무통!" 하며 키득거렸습니다.

그러던 어느 날 이웃 나라 왕이 찾아왔습니다. 이웃 나라 왕은 성실하고 현명한 사람이었습니다. 공주는 왕을 보자마자 배를 잡고 웃어 댔습니다.

"어머머! 저 턱 좀 봐, 꼭 지빠귀 새의 부리 같네."

그때부터 이웃 나라 왕에게는 '지빠귀 부리'라는 별명이 붙었습니다. 임금은 더 이상 참지 못하고 호통을 쳤습니다.

"고약하기 짝이 없구나! 그 못된 버릇을 고치기 위해 거지 악사와 결혼시킬 것이니 그리 알아라."

임금은 신하들 앞에서 큰 소리로 약속을 했습니다.

이튿날 아침, 한 거지 악사가 궁전 앞을 지나갔습니다.

"당장 저 사람을 데리고 오너라."

창가에서 궁 밖을 바라보던 임금은 거지를 불러 들였습니다. 거지 악사는 노래를 부르며 들어왔습니다.

"그대는 비록 가진 게 없으나 아름다운 목소리를 갖고 있구나! 내 딸을 줄 테니 데리고 살게."

임금의 말에 공주가 울고불고했지만 소용이 없었습니다.

"어서 공주를 데리고 나가거라."

임금님의 지시에, 거지는 신이 나서 공주를 데리고 나왔습니다.

한참을 걸어가니 황금빛 들녘이 펼쳐져 있었습니다. 공주는 누렇게 익은 밀밭을 보며 한숨을 쉬었습니다.

"이렇게 큰 들녘의 주인은 누구일까?"

"당연히 지빠귀 부리 왕의 것이 아니겠소."

거지는 아무렇지도 않게 말했습니다.

다시 한참을 걸으니 큰 도시가 나왔습니다. 가게마다 오색찬란한 비단이며 먹을 것이 넘쳐났고, 많은 사람들로 북적거렸습니다.

공주는 한탄하듯 말했습니다.

"아! 이 큰 도시의 왕은 누구일까?"

"그야 지빠귀 부리 왕이지."

거지는 퉁명스럽게 대답을 하며 시큼한 냄새가 나는 오두막 안으로 기어 들어갔습니다.

"부인, 어서 들어오시오. 우리의 집이오."

"맙소사! 이게 집이라고요? 돼지 구정물 통보다 더 더러운 곳이 집이라니!"

공주는 바닥에 주저앉아 엉엉 울었습니다.

"울 시간이 없소. 배가 고프니 어서 저녁을 지어

먹읍시다."

"저녁을 지으라고요? 그건 하녀들이나 하는 것
아닌가요?"

공주는 눈물이 가득 고인 눈으로 거지를 바라보
았습니다.

"참, 답답하구려. 우리 같은 거지에게 하녀가 있
겠소?"

거지는 공주를 데리고 들어와 저녁 짓는 것을
도왔습니다. 겨우 저녁을 지은 공주는 그대로 곯
아떨어졌습니다.

다음 날, 거지는 꼭두새벽부터 공주를 깨웠습니
다.

"부인! 어서 일어나 물을 길어 밥을 지으시오."

공주는 낑낑거리며 물을 길어, 밥을 지었습니
다.

"밥을 먹었으면 어서 바구니를 짜시오."

거지는 버드나무 가지를 한 아름 들고 와 공주 앞에 놓았습니다. 공주는 글썽한 눈으로 거지를 바라보았습니다.

"잠시나마 쉴 틈조차 주지 않는군요. 나는 바구니를 짤 줄 몰라요."

"참으로 답답하구려. 바구니라도 짜다 팔아야 밥을 먹을 게 아니오."

공주는 마지못해 나뭇가지를 들고 이리저리 엮었습니다. 그러나 나무 가시가 손에 박혀 상처만 날 뿐, 바구니는 한 개도 짜지 못했습니다. 그 모습을 지켜보던 거지가 한숨을 쉬었습니다.

"도저히 안 되겠군. 차라리 항아리를 팔러 갑시다."

거지는 항아리를 한가득 지고 공주와 함께 시장

으로 나갔습니다. 공주는 창피해서 얼굴을 푹 숙인 채 걸었습니다.

"자, 큰 소리로 '항아리 사세요!' 하고 외쳐 보시오."

그러나 공주는 고개만 숙인 채 아무 말도 못 했습니다. 마침 지나가던 한 사람이 항아리를 사 주었습니다.

"아름다운 부인이 항아리를 파니 사 드리겠습니다."

그렇게 하나둘 항아리가 팔려 나갔습니다.

그러던 어느 날이었습니다.

술 취한 군인이 말을 타고 지나가다, 쌓아 놓은 항아리를 툭 쳤습니다. 눈 깜짝할 사이에 항아리들이 무너져 산산조각 나 버렸습니다.

"어떡하면 좋아."

공주는 안절부절못했습니다.

"길에다 항아리를 쌓아 놓으면 어떡해, 당장 치워!"

군인은 오히려 큰소리를 쳤습니다. 공주는 훌쩍거리며 거지에게 사정을 말했습니다. 거지는 위로는커녕 한탄만 했습니다.

"도대체 부인이 할 줄 아는 게 뭐요? 궁궐로 들어가 요리사의 하녀로 일하도록 합시다."

거지는 공주를 데리고 궁궐로 들어갔습니다. 공주를 본 요리사가 거만하게 말했습니다.

"부지런히 움직여야 밥이라도 먹을 것이다. 게으름 피우지 말고 열심히 하도록 해라."

그날부터 공주는 구정물에 손을 담그며 눈코 뜰 새 없이 일했습니다. 저녁이면 남은 음식을 집에 싸 가지고 와서 거지와 함께 먹었습니다.

그러던 어느 날이었습니다. 시녀들이 궁궐을 청소하고 꽃을 꽂으며 바쁘게 움직였습니다. 주방에서는 맛있는 냄새가 솔솔 풍겼습니다. 궁금해진 공주가 요리사에게 물었습니다.

"오늘 큰 잔치가 있나요?"

"쯧쯧! 눈치 없는 부엌데기 같으니라고. 꾸물대지 말고 무도회장 층계나 닦도록 해."

요리사가 눈을 흘기며 핀잔을 주었습니다. 공주는 어깨를 축 늘어뜨린 채 무도회장으로 들어갔습니다. 색색의 유리 전등이 오색찬란하게 반짝였습니다. 그 아래에는 멋진 드레스를 입은 귀부인과 아가씨들이 오순도순 모여 있었습니다. 공주는 옛날이 그리워 층계 구석에 앉아 눈물을 흘렸습니다.

잠시 후 무도회장 문이 열리며 왕이 나타났습니

다. 머리에는 빛나는 금관을, 어깨에는 번쩍이는 금장을 달고 늠름하게 걸어 들어왔습니다.

갑자기 공주의 눈이 휘둥그레졌습니다. 예전에 공주가 깔깔거리며 놀렸던, 이웃 나라의 지빠귀 부리 왕이었습니다. 공주는 지빠귀 부리 왕이 자신을 알아볼까 봐 얼른 얼굴을 가렸습니다.

음악이 흐르자 어여쁜 아가씨들이 왕의 곁으로 모여들었습니다. 그러나 지빠귀 부리 왕은 아가씨들을 지나 층계로 걸어왔습니다.

지빠귀 부리 왕이 가까이 오자 공주는 벌떡 일어나 도망을 쳤습니다. 그런데 그만 치마에 발이 걸려 고꾸라지고 말았습니다. 깔깔거리는 웃음소리가 두 귀를 가득 메웠습니다.

눈앞이 뿌예지는데 지빠귀 부리 왕이 다가와 공주의 손을 잡았습니다.

"부인, 왜 남편을 보고 달아나시오?"

지빠귀 부리 왕을 자세히 바라본 공주의 눈꺼풀이 파르르 떨렸습니다. 그 왕은 바로 자신의 거지 남편이었습니다. 지빠귀 부리 왕이 거지로 변장했던 것을 알게 된 공주는 무릎을 꿇고 눈물을 뚝뚝 흘렸습니다.

"저는 당신의 부인이 될 자격이 없습니다. 못되게 굴었던 저의 행동을 용서해 주세요."

그러자 지빠귀 부리 왕이 부드럽게 웃었습니다.

"당신이 아무리 못된 사람이라고 해도, 나에게는 소중한 부인이오."

시녀들이 다가와 공주에게 비단 옷을 입혀 주었습니다. 언제 왔는지 공주의 아버지가 결혼 예복을 입고 나타났습니다.

"아버지!"

"공주야! 결혼을 축하한다."

곧바로 음악이 울리고 지빠귀 부리 왕의 결혼식
이 열렸습니다.

그 후 공주는 착한 아내가 되어 지빠귀 부리 왕
과 행복하게 살았습니다.

The Twelve Brothers

열두 왕자

열두 왕자

하늘을 찌를 듯 서 있는 산 아래, 아름다운 궁전이 있었습니다. 그 궁전에는 열두 왕자를 둔 왕과 왕비가 행복하게 살고 있었습니다.

한편, 뾰족한 산 위에는 심술꾸러기 마녀가 살았습니다. 바람은 궁궐 안의 소리를 산으로 실어 날랐습니다.

"하하, 우리 왕자들 늠름하
기도 하지."

"호호, 무럭무럭 잘
자라다오."

왕과 왕비의 행
복한 웃음소리가
날마다 마녀의 집
으로 날아왔습니다.

"아이고, 배 아파라. 배가 아파 못 살겠는걸."

심술꾸러기 마녀는 뜨거운 물이 끓듯 속이 부글
부글 끓었습니다.

"너희들이 행복하게 사는 꼴을 더 이상 볼 수가
없구나."

그날 밤, 마녀는 바람처럼 궁궐 안으로 날아왔
습니다. 그리고 쥐도 새도 모르게 왕의 침실로 들

어갔습니다. 아무것도 모르는 왕과 왕비는 곤히 자고 있었습니다.

마녀는 왕의 머리에다가 후후 입김을 불어넣었습니다. 그러자 검은 연기가 왕의 머리로 솔솔 스며들었습니다. 그사이 마녀는 사라져 버렸습니다.

다음 날 아침, 기지개를 켜던 왕이 왕비를 보며 투덜거렸습니다.

"그까짓 왕자 놈들, 열둘이나 있으면 뭐해? 난 공주가 갖고 싶소, 왕비! 어서 공주를 낳아 주구려."

"새삼스럽게 웬 공주 타령이십니까? 때가 되면 자연스럽게 공주가 태어날 것입니다."

왕비가 다소곳이 말했습니다. 그러나 왕은 공주를 갖고 싶다며 날마다 왕비를 달달 볶았습니다.

"공주만 태어난다면 죽어도 한이 없소. 공주가 태어나면 기꺼이 이 나라를 물려주어 왕의 자리에 오르도록 할 것이오."

왕의 소원이 이루어지려는지 왕비는 아기를 갖게 되었습니다. 왕비가 아기를 갖자 왕은 더 안달을 했습니다.

"왕자들을 믿을 수가 없어. 공주가 이 나라의 왕이 되면 왕자들이 공주를 죽이려고 할 거야."

마침내 왕은 열두 왕자를 죽일 생각을 했습니다. 왕은 자신의 가장 충직한 신하를 불렀습니다.

"그대는 당장 열두 왕자들의 관을 짜시오. 관 속을 대팻밥으로 채우고 그 안에 베개도 하나씩 넣어 두시오. 공주가 태어날 때까지 그 관은 궁궐 맨 끝 방에 숨겨 놓도록 하시오."

끔찍한 말을 들은 신하는 벌벌 떨면서 관을 짰

습니다. 왕의 무서운 행동을 알게 된 왕비는 날마다 눈물로 지샜습니다.

그러던 어느 날이었습니다. 늘 어머니 곁을 따라다니던 막내 왕자가 물었습니다.

"어머니, 어찌하여 날마다 울고 계시는 것이옵니까? 분명히 이유가 있을 것이니 말씀해 주시지요."

"막내야, 드디어 때가 온 것 같구나."

왕비는 막내 왕자의 손을 잡으며 말했습니다.

"놀라지 말고 내 말을 잘 들어라. 아버님이 이상해지셨다. 날마다 공주 타령을 하시더니 이제 너희들을 죽이려고 관까지 짜 놓으셨단다. 형들과 함께 서둘러 궁을 빠져나가거라."

왕비는 가슴을 쓸어내리며 말을 이었습니다.

"산속 깊은 숲으로 들어가 가장 높은 나무를 찾

아 보거라. 나무를 찾으면 그 나무에 올라가 날마다 궁궐의 깃발을 바라보아라. 아들을 낳으면 하얀 깃발을 올릴 것이니, 안심하고 궁으로 돌아와도 좋다. 하나 공주를 낳으면 빨간 깃발을 올릴 것이니, 그때는 더 깊은 숲으로 도망쳐야 한다."

막내 왕자에게 이야기를 전해 들은 왕자들은 어머니에게 다가와 슬픈 표정으로 말했습니다.

"이렇게 끔찍한 일이 있을 수 있습니까?"

열두 왕자와 어머니는 눈물로 인사를 했습니다.

"모든 위험으로부터 보호받을 수 있도록 기도하마."

그렇게 열두 왕자는 깊은 숲으로 들어갔습니다. 가시덤불을 헤칠 때마다 왕자들은 울분을 터트렸습니다.

"그까짓 계집애 하나 때문에 우리가 이 고통을 겪어야 하다니!"

왕자들은 몇 날 며칠을 걸어 마침내 하늘을 찌를 듯 서 있는 나무 한 그루를 찾아냈습니다.

"그래, 바로 이 나무야! 이 나무에 오르면 궁궐을 한눈에 바라볼 수 있을 거야."

"형님들, 보세요. 나무 뒤로 작은 오두막도 한 채 있어요!"

막내가 집을 가리키며 소리쳤습니다. 열두 형제는 기쁜 얼굴로 달려갔습니다.

산 위에서 내려다보던 마녀가 덩실덩실 춤을 추었습니다. 그 오두막은 마녀의 집이었습니다.

"빈 집이야, 신이 우리들을 위해 마련해 주신 게 틀림없어."

아무것도 모르는 왕자들은 쉴 수 있는 오두막이 있는 것에 감사했습니다.

"막내야, 너는 집 안을 청소해라. 우리는 땔감을 구하고 사냥을 해 오마."

그렇게 왕자들의 오두막 생활이 시작되었습니다. 왕자들은 숲속 생활이 불편했지만 궁궐로 돌아갈 꿈을 안고 살았습니다.

숲이 황금빛으로 물들던 날이었습니다. 나무 위에서 궁궐을 바라보던 셋째 왕자가 새파란 얼굴로 외쳤습니다.

"큰일 났어. 궁궐에 빨간 깃발이 꽂혔어!"

"아! 우리의 운명이 어찌 이리 가혹하단 말인가."

왕자들은 가슴을 치며 통곡했습니다.

"형님들, 울지 마세요. 틀림없이 좋은 날이 올 것입니다."

자상한 막내 왕자가 형님들을 위로했습니다. 열두 왕자는 그렇게 계속 숲에서 살았습니다. 온 숲에 눈이 내리고 꽃들이 피고 지며, 십 년이 흘렀습니다.

한편, 궁궐에서는 공주가 무럭무럭 자라 열 살을 맞았습니다. 공주의 이마에는 태어날 때부터 금빛으로 반짝이는 별이 박혀 있었습니다. 왕비를 쏙 빼닮은 공주는 마음도 고왔지만, 얼굴도 아름다웠습니다. 왕은 공주를 보는 기쁨으로 늘 웃음이 가득했습니다. 그러나 왕비는 자나 깨나 눈물로 지샜습니다.

그러던 어느 날, 궁궐을 돌아보던 공주가 빈 방에서 열두 왕자의 비단 옷을 보게 되었습니다.

"아름답기도 하지. 누구의 옷일까?"

공주는 옷 하나를 들고 왕비에게 갔습니다.

"어머니, 이 옷은 누구의 옷인지요?"

"이 옷을 어디서 찾아냈느냐?"

옷을 본 왕비의 얼굴에서 주르륵 눈물이 흘렀습니다.

"어머니, 갑자기 왜 우세요?"

"아가야, 사실은 네 위로 열두 명의 오라버니가

있었다. 우리는 오순도순 잘 살았어. 그런데 어느 날 아버님이 공주를 원하셨다. 공주가 태어나면 왕의 자리를 물려주겠다고 하셨지.”

“저에게 오라버니들이 있었군요.”

공주는 다음 말을 기다리며 침을 꼴깍 삼켰습니다. 왕비가 말했습니다.

“마침내 나는 너를 갖게 되었단다. 그러자 아버님은 끔찍한 생각을 하신 거야. 공주가 왕이 되면 왕자에게 해를 당할 거라고 하시며, 네 오라버니들을 죽이려고 하셨단다.”

“어머나!”

공주는 그만 두 손으로 얼굴을 감쌌습니다.

“그럼 오라버니들은 지금 어디에 계시는지요?”

“저 멀리 보이는 산으로 들어가면 높고 높은 나무가 있을 거야. 아마 네 오라버니들은 그 근처에서 살고 있을 게다."

왕비는 말을 더 잇지 못한 채 흐느꼈습니다.

"불쌍한 오라버니들, 저 때문에 그런 고통을 당하셨군요!"

공주는 왕비의 눈물을 닦아 주며 말했습니다.

"어머니, 제가 오라버니들을 찾으러 가겠습니다. 지금이라도 오라버니들과 함께 살고 싶습니다."

"나의 아이들아, 이 무슨 운명이란 말이냐!"

왕비는 떠날 채비를 차리는 공주를 보며 한탄했습니다.

공주는 열두 왕자가 입던 옷과 간단한 음식을 싸 들고 궁궐을 빠져나왔습니다.

왕비는 눈물로 공주를 배웅했습니다.

"아가야, 네 이마에 박힌 금빛 별이 널 지켜 줄

게다.”

“어머니, 울지 마세요. 꼭 열두 오라버니를 모시고 돌아오겠습니다.”

공주는 사람들 눈을 피해 깊은 숲으로 들어갔습니다. 낮에는 걷고 밤에는 나무 위에 올라가 잠을 잤습니다. 캄캄한 밤에도 이마에 박힌 금빛 별이 반짝거려 어둡지 않았습니다. 어슬렁어슬렁 다가오던 산짐승들도 공주의 이마에 박힌 별을 보자 달아나 버렸습니다.

몇 날 며칠 숲을 헤매던 공주는 마침내 높은 나무 한 그루를 보았습니다. 그 나무 옆에는 작은 오두막이 있었습니다.

“이 나무가 틀림없어.”

공주는 한달음에 오두막으로 가 문을 두드렸습니다.

"계세요?"

공주는 지친 몸으로 주인을 불렀습니다. 잘생긴 청년이 문을 열고 나왔습니다. 청년은 아름다운 공주를 보자, 두 눈이 휘둥그레졌습니다.

"아직 어린 소녀인데, 무슨 일로 이 산에 혼자 온 것이냐?"

"저는 열두 오라버니를 찾으러 궁에서 나온 공주입니다."

공주의 말을 들은 막내 왕자는 더럭 겁이 났습니다.

'혹시 우리를 죽이려고 온 것이 아닐까?'

공주는 열두 왕자의 옷을 보여 주며 슬프게 말했습니다.

"몇 년이 걸린다 해도 오라버니들을 찾아야 합니다. 혹시 열두 왕자를 보셨으면 어디에 계신지 말해 주세요. "

간절한 공주의 눈빛을 보며 막내 왕자는 마음을 놓았습니다.

"동생아, 내가 바로 네 막내 오빠란다."

"오라버니!"

오누이는 부둥켜안고 눈물을 흘렸습니다. 막내 왕자는 공주를 모닥불 옆에 앉혔습니다.

"잠시 후면 형들이 올 거야. 형들은 네 또래 소녀들만 보면 모두 죽이려고 해. 그러니 잠깐 저 다락방에 올라가 있거라. 틈을 보아 내가 형들에게 말하마."

공주가 다락방으로 올라가자 쿵쿵거리는 발소리가 들렸습니다. 곧바로 오두막 문이 열리고 열한 명의 왕자가 들이닥쳤습니다. 형들은 사냥해 온 짐승을 내려놓았습니다.

"막내야, 어서 저녁을 차려라."

막내 왕자는 안절부절못하고 형들의 눈치를 살폈습니다.

"막내야, 너 뭐 감추는 게 있구나."

눈치 빠른 첫째 왕자가 물었습니다. 막내 왕자는 가까스로 입을 열었습니다.

"네, 형님. 궁금하세요?"

"당연히 궁금하고말고!"

"좋습니다. 그 대신 약속을 해 주셔야 합니다."

"좋아, 무슨 약속이든 해 주마!"

궁금해진 왕자들이 외쳤습니다.

"형님들이 만나는 첫 번째 소녀는 죽이지 않겠다고 약속해 주세요."

"약속하마. 이 산속에 소녀가 있을 리 없지 않느냐?"

"사실은……. 여동생이 우리를 찾아왔습니다."

"뭐라고!"

"공주야, 내려오너라."

막내 왕자가 공주를 불렀습니다. 다락방에서 공주가 사뿐사뿐 내려왔습니다.

"세상에!"

왕자들은 넋이 나간 듯 공주를 바라보았습니다.

"깊은 밤, 잔잔히 흐르는 강물 같은 눈이로구나."

"예사롭지 않은 아이로구나. 이마에 금빛 별이 박힌 걸 보니."

공주는 왕자들에게 둘러싸여 깊은 사랑을 느꼈습니다.

"오라버니들, 이제는 헤어지지 말아요."

"고맙다, 우리를 위해 이 험한 길을 오다니."

그날부터 공주는 오빠들과 함께 오두막에서 지

냈습니다. 아침이면 열두 왕자는 사냥을 나갔습니다. 공주는 청소를 하고, 요리를 했습니다.

그렇게 시간이 흘러 다시 여름이 찾아왔습니다. 샘가에는 온갖 꽃들이 아롱다롱 피었습니다.

"오늘은 특별한 식탁을 차리고 싶어."

꽃밭을 서성이던 공주의 눈에 백합꽃이 띄었습니다.

"저 꽃을 따서 식탁에 꽂아야지."

신기하게도 백합꽃은 딱 열두 송이였습니다.

"오라버니들에게 한 송이씩 나눠 줄 수 있겠는걸."

공주가 열두 번째 꽃을 막 꺾을 때였습니다. 오두막 뒤에서 늙은 노파가 킬킬거리며 나타났습니다.

"애야, 지금 무슨 짓을 한 게냐? 이 꽃은 네 오라

버니들의 마음이요, 정신인 것을. 이제 네 오라버니들은 영원히 까마귀가 되어 살아갈 것이다."

노파는 허리가 끊어지도록 웃었습니다. 이 끔찍한 말에 공주는 무릎을 꿇고 빌었습니다.

"제발 오빠들을 살려 주세요."

마녀는 고개를 가로저었습니다.

"쯧쯧, 안타깝게도 마법을 풀 방법이 없구나."

"제 목숨을 가져가시고, 대신 오라버니들을 살려 주세요."

공주의 눈물을 보며 마녀가 어깨를 으쓱했습니다.

"흠! 한 가지 방법이 있긴 하지. 앞으로 칠 년 동안 벙어리로 살 자신이 있니? 절대 말을 해서는 안 돼, 물론 웃어서도 안 되지. 그러면 네 오빠들은 제 모습을 찾을 수 있을 게야."

마녀는 그 말을 남기고 사라졌습니다.

공주는 서둘러 오두막으로 돌아왔습니다. 오두막 지붕 위에서 열두 마리 까마귀가 구슬피 울더니 어디론가 날아가 버렸습니다.

그날부터 공주는 오두막에서 홀로 살았습니다.

'무슨 일이 있어도 오빠들을 살려 낼 거야.'

공주는 그날부터 입을 꼭 닫았습니다. 외로움을 달래기 위해 밤이고 낮이고 실을 짰습니다. 긴 겨울이 가고 봄이 오고 다시 여름이 오고 가을이 왔습니다.

그렇게 몇 해가 지난 어느 날이었습니다. 오두막 밖에서 개 짖는 소리가 들렸습니다.

공주는 실 꾸러미를 내려놓고 문을 열었습니다. 문밖에는 커다란 개 한 마리가 경중경중 뛰고 있었습니다. 조금 있자 잘생긴 젊은이가 말을 타고

뒤쫓아 왔습니다. 젊은이는 넋이 나간 듯 공주를
바라보다가 말에서 내려 허리를 굽혔습니다.

"놀라지 마십시오. 사냥을 하다가 길을 잃었습
니다. 저는 자작나무 성의 왕입니다. 당신을 본 순

간 제 마음을 빼앗겨 버렸습니다. 아름다운 이여, 부디 저와 결혼해 주십시오.”

왕은 정중하게 청혼했습니다. 공주는 부끄러워 고개를 숙였습니다.

‘어쩌면 이 사람이 도와줄 수 있을지도 몰라.’

공주는 곰곰이 생각하다가 고개를 끄덕였습니다.

그 길로 공주는 왕과 함께 자작나무 성으로 왔습니다. 자작나무 성은 잔치 준비로 바빴습니다. 시종들도 공주의 아름다움에 감탄했습니다. 또 이마에 박힌 금빛 별을 보고 ‘하늘에서 내려온 사람’이라고 했습니다. 그러나 공주는 단 한 마디도 할 수 없었습니다. 그런 공주를 본 왕의 어머니가 화를 냈습니다.

“저 계집은 비렁뱅이에다 수상한 구석이 한두

군데가 아니다. 저렇게 더러운 신분을 가진 처녀와 결혼하게 할 수는 없다."

왕은 공주에게 애원했습니다.

"제발, 당신이 누구라고 한 마디만 해 주시오."

그러나 공주는 아무 말도 할 수 없었습니다. 그저 슬픈 눈으로 바라만 보았습니다.

"저 계집은 마녀가 분명하다. 어서 불을 지피고 끌어내거라."

"하지만 어머니, 저 처녀는 태어날 때부터 말을 못하는……."

"듣기 싫다. 그럼 말도 못하는 사람을 왕비로 맞겠다는 것이냐!"

어머니의 무서운 호령에 왕도 어쩔 수 없었습니다.

"마녀가 아니라면 살려 달라고 소리치겠지."

왕은 더 이상 대들지 못했습니다. 신하들은 공주를 끌고 가 나무에 매달았습니다. 공주의 발밑에는 장작이 산처럼 쌓였습니다. 왕의 어머니가 명령했습니다.

"어서 불을 지펴라!"

왕은 차마 볼 수 없어 고개를 돌렸습니다. 장작불이 활활 타올랐습니다. 불꽃이 공주의 발밑으로 날름거리며 올라왔습니다. 뜨거운 열기에 심장이 터질 것 같았지만, 공주는 신음조차 내지 못했습니다. 고통을 이기려고 입술을 깨물자 피가 맺혔습니다.

"흥! 앙큼한 것 같으니."

왕의 어머니는 매서운 눈길로 공주를 노려보았습니다.

바로 그때, 깍 하는 소리가 하늘 가득 울렸습니

다.

"아니, 저것은?"

하늘을 쳐다보던 사람들이 화들짝 놀랐습니다. 열두 마리 까마귀가 번개처럼 땅으로 내려앉았습니다. 그러고는 펑, 펑, 펑 소리와 함께 열두 왕자가 모습을 드러냈습니다.

오늘이 칠 년째 되는 바로 그날이었던 것입니다.

"오라버니!"

드디어 공주가 입을 열었습니다. 열두 왕자는 서둘러 불을 끄고 말뚝에 묶인 공주를 풀어 주었습니다.

"조금만 늦었어도 너를 구하지 못할 뻔했구나."

형제들은 공주를 끌어안고 눈시울을 적셨습니다. 왕도 달려왔습니다. 열두 왕자가 왕에게 말했

습니다.

"당신 어머니의 몸에는 사악한 마녀가 들어 있습니다. 어서 불 속에 던져 버리십시오."

열두 왕자를 본 마녀는 아주 멀리 도망가 버렸습니다. 왕은 공주와 성대한 결혼식을 올렸습니다. 열두 왕자는 동생의 결혼을 진심으로 축하해 주었습니다.

옛 궁궐로 돌아간 열두 왕자는 모든 오해를 풀고 행복하게 살았습니다.

The Frog King

개구리 왕자

개구리 왕자

울창한 숲 한가운데 작은 성이 있었습니다. 이 성에는 세 명의 공주가 살았습니다. 세 공주 모두 예뻤지만 그중에서도 막내 공주가 가장 아름다웠습니다.

성 가운데에는 오래된 보리수나무가 있었습니다. 막내 공주는 언제나 보리수나무 아래에서 황금 공을 가지고 놀았습니다. 푸른 잎사귀는 햇빛 가리개가 되었고, 그 옆을 흐르는 샘은 차고 깊어서 더위를 식혀 주었습니다.

바람이 숲을 흔들며 지나가던 날이었습니다. 그날도 공주는 나무 아래에서 공놀이를 했습니다.

"데굴데굴 굴러라."

공주는 힘껏 공을 던졌습니다. 공은 데구루루 굴러 샘에 빠졌습니다. 공주가 달려갔지만, 공은 보이지 않고 푸른 물만 찰랑거릴 뿐이었습니다.

"어떡하면 좋아, 공이 없어졌네."

손을 넣고 휘저었지만, 공은 잡히지 않았습니다.

"내가 아끼던 황금 공이 사라졌어."

공주는 그 자리에 앉아 훌쩍훌쩍 울었습니다. 그때 샘가에서 다정한 목소리가 들려왔습니다.

"아름다운 공주님, 어찌하여 울고 계시나요?"

"누군데 날 부르는 거지?"

공주가 눈물을 닦으며 돌아보았습니다. 샘 속에서 못생긴 개구리 한 마리가 폴짝 뛰어나왔습니다.

"못난이 개구리구나. 넌 나를 도와줄 수 없어."

실망한 공주는 다시 울기 시작했습니다. 개구리가 말했습니다.

"무슨 일인지 말씀해 보세요. 제가 도울 수 있을 겁니다."

공주가 슬프게 말했습니다.

"넌 절대 도울 수 없어. 내가 아끼던 공이 저 샘에 빠졌는데 보이지 않아."

"그런 일로 울지 마세요. 제가 꺼내 드릴게요."

"정말 꺼내 줄 수 있어?"

"물론이지요."

개구리의 자신 있는 말에 공주의 눈이 반짝거렸습니다.

"그럼, 내 공 좀 꺼내 줘."

공주가 간절하게 말하자 개구리가 흔쾌히 받아들였습니다.

"좋아요, 꺼내 드릴게요. 그 보답으로 공주님은 제게 무엇을 주실 건가요?"

"원하는 건 뭐든지 주겠어. 진주 목걸이도 줄 수 있고, 황금 반지도 줄 수 있는걸."

개구리는 고개를 설레설레 저었습니다.

"그런 건 다 필요 없어요. 나는 친구가 필요해요. 식탁에서 함께 밥을 먹으며 이야기를 나누고, 침대에서도 함께 잘 수 있는 그런 친구요."

"뭐라고?"

공주는 한참 생각하다가 말했습니다.

"좋아! 친구가 되어 줄게."

개구리는 몇 번이고 다짐하듯 물었습니다.

"공주님, 꼭 약속을 지키셔야 합니다."

"걱정 마! 난 이 나라의 공주야. 절대 거짓말 안 해."

개구리는 안심한 듯 폴짝폴짝 뛰어 샘으로 들어 갔습니다.

"흥, 누가 저렇게 흉측한 개구리와 친구를 하겠 어."

공주는 혼잣말을 했습니다.

조금 뒤, 개구리는 황금 공을 머리에 이고 나왔 습니다.

"내 공!"

공주는 후닥닥 달려가 공을 끌어안고 성으로 뛰

어갔습니다.

"공주님, 저도 데리고 가셔야지요."

개구리가 외쳤지만 공주는 뒤도 돌아보지 않았습니다.

성으로 돌아온 공주는 개구리와의 약속을 까맣게 잊은 채 즐겁게 지냈습니다. 그렇게 며칠이 지난 어느 저녁이었습니다.

임금과 왕비는 세 공주와 함께 식사를 하고 있었습니다. 그때 팔딱팔딱 층계를 오르는 소리가 들렸습니다. 조금 있자 누군가 탁탁 식당 문을 두드렸습니다.

"막내 공주님, 문 좀 열어 주세요."

개구리의 목소리를 알아들은 공주는 못 들은 척했습니다. 다시 문 두드리는 소리가 들렸습니다.

"막내 공주님, 문 좀 열어 주세요."

임금이 막내 공주를 보며 말했습니다.

"분명히 막내 공주라고 했지? 너를 찾아온 듯하다. 어서 문을 열어 보아라."

공주는 어쩔 수 없이 문을 열었습니다. 문밖에는 개구리가 눈을 끔뻑이며 앉아 있었습니다.

"공주님, 제 친구가 되어 주기로 하셨잖아요."

"난 너 같은 개구리는 몰라!"

공주는 문을 쾅 닫고 돌아섰습니다. 얼마나 놀랐는지 다리가 후들후들 떨렸습니다. 그 모습을 본 임금이 물었습니다.

"왜 그러는 게냐, 무서운 괴물이라도 나타난 것이냐?"

"아, 아니에요, 사, 사실은 징그러운 개구리가……."

공주는 울먹이며 모든 사실을 말했습니다. 그때

문밖에서 개구리가 다시 외쳤습니다.

　아름다운 막내 공주님,

　어서 저를 반겨 주세요.

　맛있는 식탁 위에 올려 주시고

　공주님의 비단 침대에서 재워 주세요.

　아름다운 공주님은 거짓말을 하지 않습니다.

　가만히 듣고 있던 임금이 말했습니다.

　"당장 문을 열고 개구리를 들여보내거라."

　언니들이 킥킥 웃었습니다.

　"비록 개구리와 한 약속이라 할지라도, 네 입으로 한 말은 지켜야 한다."

　임금의 호령에 공주의 얼굴이 울상이 되었습니다.

"아버지, 개구리와는 친구가 될 수 없습니다."

"어찌 한 나라의 공주가 거짓말을 하느냐. 아무리 얼굴이 아름다워도 거짓말을 한다면 괴물이나 다를 바 없다. 당장 문을 열어 주거라."

임금의 말에 공주는 마지못해 문을 열어 주었습니다. 개구리는 신이 나서 팔짝거리며 식탁으로 다가왔습니다.

"공주님 옆에서 먹을 수 있도록 식탁 위에 올려 주세요."

개구리는 의기양양하게 말했습니다.

"그렇게 해 주거라."

임금의 명령에 공주는 개구리를 식탁에 올려놓았습니다.

"저도 공주님처럼 황금 접시에 음식을 담아 주세요."

이번에는 시녀들까지 킥킥거렸습니다. 공주는 창피하고 부끄러웠습니다. 음식이 목에 걸려 체할 것만 같았습니다. 그러나 개구리는 아랑곳하지 않고 음식을 맛있게 먹어 치웠습니다.

"아, 잘 먹었다. 이제 공주님 방으로 데려가 주세요."

개구리는 막내 공주를 졸졸 따라다녔습니다. 임금이 다시 공주에게 명령했습니다.

"어서 네 방으로 데리고 가거라."

막내 공주는 속이 부글부글 끓었습니다.

'두고 보자.'

공주는 화를 꾹 참으며 개구리를 방으로 데리고 왔습니다. 개구리는 아무렇지도 않게 말했습니다.

"공주님, 저도 비단 침대 위에 올려 주세요."

"흥, 더러운 개구리가 감히 내 침대에서 잔다고?"

공주가 꽥 소리를 질렀습니다.

"공주님, 저와의 약속을 잊으신 건 아니지요?"

개구리가 또박또박 말했습니다.

"제발 입 좀 다물어. 이 흉측한 개구리야!"

공주는 벌떡 일어나 침대 위에 올라간 개구리를 벽에다 휙 던졌습니다. 그러자 펑 소리와 함께 연기가 피어올랐습니다. 공주는 깜짝 놀라 주춤주춤 물러섰습니다. 하얀 연기 속에서 황금 공처럼 빛나는 눈을 가진 늠름한 왕자가 걸어 나왔습니다. 왕자가 고개를 숙여 인사했습니다.

"공주님, 저를 구해 주셔서 감사합니다."

"당신은……."

"저는 바다 건너 달빛 성의 왕자입니다. 마녀의

마법에 걸려 개구리가 되어 살고 있었습니다."

"어머! 그것도 모르고 무례하게 굴었습니다. 용
서해 주세요."

공주가 다소곳이 고개를 숙였습니다.

"저는 아름다운 공주님이 친구가 되어 준다는
약속을 지켜야 마법에서 깨어날 수 있었습니다.
공주님은 저의 은인이십니다. 저와 결혼해 주십
시오."

왕자가 정중하게 청혼했습니다. 공주도 멋진 왕
자가 마음에 들었습니다.

"아버님에게 말씀드려 보겠습니다."

"아침 해가 뜨면 여덟 마리 하얀 말이 타조 깃털
을 꽂고 금 구슬로 장식된 마구를 걸치고 하인과
함께 올 것입니다. 그 마차를 타고 저와 함께 달빛
성으로 가시지요."

다음 날 아침, 공주의 이야기를 들은 임금은 기쁨에 찬 목소리로 말했습니다.

"막내 공주의 결혼을 축하하노라."

언니들은 부러운 눈으로 막내 공주를 바라보았습니다.

궁궐 안팎, 모든 사람들이 공주의 결혼을 축하해 주었습니다. 공주는 여덟 마리 말이 이끄는 마차를 타고 달빛 성으로 떠났습니다.

The Bremen Town Musicians

브레멘 음악대

브레멘 음악대

당나귀는 오랜 세월 부지런히 일을 했습니다.
그러다 나이가 들자 짐 나르는 일이 힘겨워 늘 헉
헉댔습니다.

농장 주인은 그런 당나귀가 아주 못마땅했습니
다.

"먹이만 축내는 쓸모없는 짐승 같으니라고, 이

제 없애 버려야겠는걸."

그 말을 들은 당나귀는 몹시 슬펐습니다.

"아, 평생 주인을 위해 일했건만 고마운 줄도 모르고 나를 죽이려 하다니!"

멍하니 밤하늘을 바라보던 당나귀는 음악의 도시 브레멘이 떠올랐습니다.

"그래! 브레멘으로 가는 거야. 그곳에서는 동물들도 악단을 만들 수 있다지."

당나귀는 그 길로 농장을 빠져나왔습니다. 한참을 걸어가니 늙은 개 한 마리가 기진맥진한 채 앉아 있었습니다.

"친구야, 왜 그렇게 힘이 없니?"

그러자 개가 울먹이며 말했습니다.

"난 사냥개였어. 평생 주인을 도우며 살았지. 그런데 늙어서 힘이 없어지자 총으로 쏴 죽이려고

86

하는 거야. 겨우 도망을 쳤단다."

그 말을 들은 당나귀가 활짝 웃으며 말했습니다.

"친구야, 걱정할 필요 없어. 나와 함께 브레멘으로 가서 악단을 만들자. 내가 노래를 할 테니 너는 북을 치렴."

"정말이야? 그거 정말 신나는 일인걸!"

둘은 신이 나서 길을 떠났습니다. 한참을 가니 털이 다 빠진 늙은 고양이 한 마리가 캑캑거리고 있었습니다.

"고양이야, 감기라도 들었니, 왜 그러니?"

고양이는 겨우 숨을 가다듬고 말했습니다.

"우리 주인은 늘 나를 안고 쓰다듬어 주었어. 그런데 내가 점점 나이가 드니까 털이 빠지고 음식도 줄줄 흘리게 되었지. 그러자 나를 강물에 처넣

으려 하지 뭐야. 죽기 살기로 도망을 쳐서 여기까지 온 거야."

"저런! 친구야, 걱정하지 마. 우리랑 브레멘으로 가자. 넌 밤의 노래를 많이 알 테니까 우리 악단에 들어오렴."

"그렇게 해 주면 고맙지."

이렇게 해서 셋은 길을 떠났습니다.

어느새 하얀 달이 길을 비췄고 저 멀리 농장이 보였습니다. 바로 그때 수탉 한 마리가 농장 지붕 위에서 비명을 질렀습니다.

"무슨 일이지? 빨리 가 보자."

당나귀와 개와 고양이는 부리나케 농장으로 달렸습니다. 수탉은 농장이 떠나갈 정도로 소리를 치며 울었습니다.

"수탉아, 왜 그렇게 우는 거니?"

"아침이 오면 난 죽을 거야. 손님이 오면 내 목을 비틀어서 상에 놓을 거래."

"쯧쯧, 무척 놀랐겠구나. 걱정할 거 없어. 우리랑 브레멘으로 가자. 우리는 음악 단원을 모집하는 중이거든. 넌 목청이 좋으니까 자격이 충분해."

"정말이야? 신난다."

수탉은 파드닥거리며 지붕에서 내려왔습니다. 넷은 다시 길을 떠났습니다.

새하얀 달이 하늘 한가운데 둥실 떠올랐습니다.

"밤이 깊었네. 저 큰 나무 아래에서 잠을 자자."

당나귀와 늙은 개는 나무 아래 엎드렸습니다. 고양이는 가지 위로 올라갔습니다. 수탉은 가장 높은 가지로 올라갔습니다. 수탉이 높은 데서 내려다보니 저 멀리 불빛이 반짝거렸습니다.

"애들아, 저기 집이 있는 것 같아. 이왕이면 그

집에 가서 재워 달라고 할까?"

"그래, 여기서 자다가 비라도 오면 큰일이지."

"그러자. 그 집에서 맛있는 음식이라도 주면 좋을 텐데."

그들은 불빛이 보이는 곳으로 갔습니다. 빛이 점점 커지면서 창문이 환하게 보였습니다. 두런거리는 목소리도 들렸습니다.

"잠깐만, 내가 안을 살펴볼게."

수탉이 재빠르게 높은 나무로 올라갔습니다. 다른 동물들이 물었습니다.

"뭐가 보이니?"

"식탁에 맛있는 음식이 가득해."

그 말에 동물들은 침을 꿀꺽 삼켰습니다.

"또 뭐가 보이니?"

"수염이 난 남자들이야. 얼굴이 험상궂게 생겼

어. 돈과 보물을 잔뜩 가지고 있는걸 보니, 도둑이
틀림없어."

"도둑이라고?"

네 마리 동물들은 도둑을 몰아낼 방법을 생각했
습니다.

"이렇게 해 보자."

"어떻게?"

"내가 창턱에 두 발을 짚고 서면 내 등에 너희들
이 차례로 타는 거야."

"그다음에 '음악' 하고 외치면 모두 노래를 부르
는 거지."

"신나겠는걸!"

넷은 살금살금 창가로 다가갔습니다.

"내가 먼저 발을 짚고 설 테니 내 위로 올라와."

그렇게 네 마리 동물들은 차례로 무등을 탔습니다.

"음악!"

당나귀가 신호를 하자 동물들은 하나같이 목청을 높였습니다.

"히힝."

"멍멍."

"야옹야옹."

"꼬끼오, 꼬꼬."

동물들은 신나게 노래를 하면서 안으로 뛰어 들어갔습니다.

"으악! 유령이다."

갑작스러운 소란에 도둑들은 꽁지가 빠지게 도

망을 쳤습니다. 덕분에 동물들은 식탁 위에 차려진 음식을 배불리 먹고, 여기저기 곯아떨어졌습니다.

그때, 도망쳤던 도둑들이 살금살금 다가왔습니다.

"겁먹으면 안 돼. 그것들이 무엇인지 두 눈으로 똑똑히 보자고."

"암, 돈하고 보물도 찾아가야지."

밤이 깊어지자 주위가 캄캄했습니다. 도둑들은 까치발을 하고 집 안으로 들어갔습니다.

"너무 캄캄하잖아. 저기 파랗게 빛나는 게 석탄 같은데 불 좀 붙여 봐."

그건 고양이의 눈이었습니다. 도둑은 고양이 눈앞에서 성냥을 그었습니다. 그러자 고양이가 벌떡 일어나 날카로운 발톱으로 얼굴을 마구 할퀴었습니다.

"어이쿠! 바늘보다 날카로운 창이야!"

도둑들은 허겁지겁 뒷문으로 도망을 쳤습니다. 그런데 뒷문 앞에 엎드려 있던 개의 머리를 발로 차고 말았습니다. 개는 화가 나서 도둑의 다리를 덥석 물었습니다.

"으악! 악어 이빨이다!"

도둑들은 소리를 지르며 마당으로 달아났습니다. 그러다 그만 마구간 옆에 있던 당나귀하고 부딪치고 말았습니다. 당나귀는 사정없이 뒷발로 걷어찼습니다.

"이건 도깨비방망이잖아!"

이 소란에 잠이 깬 수탉은 화가 났습니다. 그래서 도둑들 머리 위로 날아다니며 "꼬끼오, 꼬끼오!" 하며 악을 썼습니다.

"어서 도망쳐! 이 집에는 악어 이빨을 가진 마녀가 살아!"

"도깨비방망이를 휘두르고 날카로운 쇠 바늘로 찌르는 무서운 마녀야!"

도둑들은 소리를 지르며 아주 멀리 달아났습니다.

갈 곳 없던 네 마리 동물들은 멀고 먼 브레멘까지 갈 필요 없이 그 집에서 오순도순 잘 살았습니다.

Rapunzel

라푼젤

라푼젤

아기를 몹시 갖고 싶어 하는 부부가 있었습니다.

"아기만 태어나면 더 이상 바랄 게 없어."

부부는 늘 아기만을 생각했습니다. 다행히도 얼마 지나지 않아 부인은 아기를 갖게 되었습니다. 부부는 기쁜 마음으로 아기를 기다렸습니다.

부부의 집 옆에는 붉은 벽돌로 지은 멋진 집이 있었습니다. 늙은 마녀의 집이었습니다. 그 집 정원에는 아름다운 꽃이며 싱싱한 야채가 쑥쑥 자라고 있었습니다. 부인은 늘 작은 창을 통해 그 집 정원을 바라보았습니다.

"저 상추 한 번만 먹어 봤으면."

부인은 푸릇푸릇 솟아나는 상추를 보며 침을 꿀꺽 삼켰습니다. 그 모습을 본 남편이 말했습니다.

"배 속의 아기를 생각해서라도 꼭 먹어야지."

그날 밤, 남편은 살금살금 이웃집 정원으로 들어갔습니다. 그리고 상추를 한 움큼 뽑아 허겁지겁 돌아왔습니다. 부인은 눈 깜짝할 사이 상추를 먹어 치웠습니다.

아침이 되자 부인은 상추 생각이 더 간절해졌습니다.

"세상에서 가장 맛있
는 상추였어. 딱 한 번
만 더 상추를 먹어 봤
으면"

남편은 입술을 지그시
물었습니다.

"아기를 위해서 한 번만
더 상추를 뜯어 오자."

그날 밤, 남편은 다시 마녀의 정원으로 살그머
니 들어갔습니다. 살금살금 상추밭으로 막 한 발
을 내딛는데 마녀가 이글이글 타오르는 눈으로
노려보고 있었습니다.

마녀가 매서운 목소리로 말했습니다.

"감히 내 정원에서 도둑질을 하다니! 저주를 받
을 것이다."

"제발 자비를 베풀어 주십시오. 아내가 아기를 가졌는데 상추를 먹고 싶어 해서 도둑질을 했습니다."

그러자 마녀의 얼굴에 미소가 번졌습니다.

"아기를 가졌다고? 후후, 그렇다면 상추를 얼마든지 뜯어 가도 좋다. 단 아기가 태어나면 내가 키울 것이니 그렇게 알거라."

마녀가 푸른 눈을 번뜩이자 남편은 벌벌 떨며 아무 말도 못 했습니다.

부부가 걱정을 하며 지내는 동안, 예쁜 딸이 태어났습니다. 아기가 태어나자마자 마녀는 아기를 빼앗아 갔습니다. 마녀는 아기에게 '라푼젤(상추)'이라는 이름을 지어 주었습니다. 라푼젤은 무럭무럭 자라 아름다운 소녀가 되었습니다.

"누가 데려갈까 두렵구나. 아무도 모르는 곳에

가두어야지.”

그녀가 열두 살이 되자 마녀는 높은 탑에 라푼
젤을 가두었습니다. 그 높은 탑에는 층계도 문도
없고, 오로지 작은 창만 있었습니다.

“라푼젤, 여기가 세상에서 가장 안전한 곳이란
다.”

아무것도 모르는 라푼젤은 마녀의 말을 믿었습
니다. 가끔 마녀는 라푼젤을 보러 탑으로 갔습니
다.

“라푼젤, 라푼젤, 네 머리를 길게 늘어뜨리렴!”

마녀가 탑 아래에서 이렇게 외치면 라푼젤은 한
번도 자르지 않은, 탐스러운 황금빛 긴 머리를 늘
어뜨렸습니다. 그러면 마녀는 그 머리채를 잡고
탑 위로 올라가곤 했습니다.

시간이 흘러 숲이 초록으로 짙게 물든 날이었습

니다. 이웃 나라 왕자가 우연히 이 숲을 지나게 되었습니다. 왕자는 잠시 말을 세우고 개울가에서 쉬기로 했습니다.

그때 어디선가 은은한 노랫소리가 들렸습니다. 왕자는 그 소리에 귀를 기울였습니다. 라푼젤이 외로운 마음을 달래기 위해 부르는 노래였습니다. 왕자는 자기도 모르는 사이 노랫소리를 따라갔습니다. 그 소리는 하늘을 찌를 듯 서 있는 탑 위에서 들렸습니다. 이상하게도 그 돌탑에는 층계도 문도 없었습니다.

왕자는 돌탑을 맴돌다가 소리쳤습니다.

"탑으로 올라가는 문은 어디 있소?"

순간, 노랫소리가 뚝 멈췄습니다. 노랫소리에 마음을 빼앗긴 왕자는 애가 탔습니다. 그때 한 노파가 풀숲을 헤치고 나오더니 탑 아래에 섰습니다. 그리고 이렇게 외쳤습니다.

"라푼젤, 라푼젤, 네 머리를 늘어뜨리렴."

그러자 창문이 열리며 황금빛 긴 머리가 내려왔습니다. 노파는 그것을 잡고 탑 위로 올라갔습니다. 왕자는 나무 뒤에 숨어 그 모습을 보았습니다.

그날 밤, 왕자는 조심조심 탑으로 갔습니다. 숲은 바람조차 잠든 듯 고요했습니다. 왕자는 노파가 했던 대로 외쳤습니다.

"라푼젤, 라푼젤, 네 머리를 늘어뜨리렴."

그러자 창문이 열리고 긴 황금빛 머리가 내려왔습니다. 왕자는 재빨리 머리카락을 잡고 올라갔습니다. 왕자를 본 라푼젤은 두려움에 떨었습니다. 왕자는 공손하게 말했습니다.

"아름다운 소녀여! 겁내지 말아요. 나는 이웃 나라 왕자랍니다."

예의 바른 모습에 라푼젤은 안심했습니다.

"이렇게 아름다운 여인이 왜 탑에 갇혀 있는 것인가요?"

"사실은 어머니가 저를 여기에 데리고 오셨어요."

라푼젤의 말을 들은 왕자는 두려움에 떨었습니다.

"당신 어머니는 마녀가 분명합니다. 라푼젤, 나와 함께 이 탑을 내려갑시다."

라푼젤은 힘없이 고개를 저었습니다.

"어머니가 용서하지 않으실 거예요. 게다가 지금은 이 탑을 내려갈 방법이 없습니다. 왕자님이 오실 때마다 비단실을 한 타래씩 가져오시면, 그것을 엮어서 타고 내려가지요."

"그렇게 하겠소. 당신 어머니는 낮에만 다녀가

시니 밤마다 비단실을 가지고 오겠소."

두 사람은 굳게 약속을 했습니다. 이후 왕자는 밤마다 비단 실타래를 날랐습니다.

아무것도 모르는 마녀가 다시 라푼젤을 찾아왔습니다. 마녀가 낑낑거리며 올라오자 라푼젤이 무심코 말을 뱉었습니다.

"왕자님은 새처럼 가볍게 올라오는데 어머니는 왜 그렇게 힘들게 올라오세요?"

"뭐, 뭐라고? 네가 그 사이 바깥세상 사람을 끌어들였구나."

마녀는 부들부들 떨며 그 자리에서 라푼젤의 머리를 싹둑싹둑 잘라 버렸습니다. 탐스러운 황금빛 머리카락이 몽땅 잘려 나갔습니다. 그래도 분이 안 풀린 마녀는 라푼젤을 데리고 황폐한 들판으로 갔습니다.

"평생 이곳에서 살아라."

마녀는 라푼젤을 들판 한가운데 있는 오두막에 두고 사라졌습니다.

그날 밤, 아무것도 모르는 왕자는 탑 아래서 라푼젤을 불렀습니다. 마녀는 잘려 나간 머리카락을 탑 아래로 내려뜨렸습니다. 탑으로 올라온 왕자는 마녀를 보자 기겁을 했습니다. 마녀가 낄낄거리며 말했습니다.

"킥킥, 아름다운 라푼젤을 데리러 오셨군요. 어쩌지요, 아름다운 새는 이미 날아가 버렸네요. 고양이가 물어 갔을지도 모르지요. 영원히 그녀를 만나지 못할 겁니다."

"잔인한 마녀 같으니라고!"

슬픔에 찬 왕자는 그대로 탑에서 뛰어내렸습니다. 탑 아래에는 가시나무가 빼곡하게 자라고 있었습니다. 가시나무 밭에 떨어진 왕자는 가시에 눈이 찔렸습니다. 왕자는 장님이 되고 말았습니다.

"라푼젤!"

왕자는 지팡이에 의지한 채 라푼젤을 찾아 헤맸습니다. 슬프고 고통스러운 시간이 흘렀습니다. 이제 왕자의 모습은 찾아볼 수 없었습니다. 옷은 다 해지고 맨발에서는 피가 흘렀습니다. 그래도 왕자는 포기하지 않았습니다.

오늘도 왕자는 지팡이를 끌며 바람 소리에도 귀를 기울였습니다. 그때, 저 멀리서 귀에 익은 노랫소리가 실려 왔습니다.

"저 소리는?"

왕자의 발에 힘이 들어갔습니다. 왕자는 지팡이를 끌고 부지런히 걸어갔습니다. 왕자가 걸음을

멈춘 곳은 초라한 오두막이었습니다. 왕자는 오
두막 앞에서 외쳤습니다.

"라푼젤!"

왕자의 목소리를 들은 라푼젤도 한달음에 달려
나왔습니다. 라푼젤은 한눈에 왕자를 알아보았습
니다.

"왕자님, 이게 어떻게 된 일입니까?"

라푼젤은 왕자를 안고 하염없이 눈물을 흘렸습니다. 라푼젤의 눈물이 왕자의 얼굴로 뚝뚝 떨어졌습니다. 눈물이 왕자의 눈에 닿자 거짓말처럼 왕자가 눈을 떴습니다.

"라푼젤, 눈이 떠졌어요. 앞이 보여요!"

"왕자님!"

두 사람은 기쁨의 눈물을 흘렸습니다.

"라푼젤, 이제 탑에 갇힐 일도 황량한 들판에서 홀로 지낼 일도 없을 거예요."

왕자는 라푼젤과 함께 궁궐로 돌아왔습니다. 몇 년 만에 왕자가 돌아오자 궁궐 안에서는 큰 잔치가 벌어졌습니다. 아름다운 라푼젤을 보고 신하들도 기뻐했습니다.

두 사람의 결혼식이 열렸습니다. 많은 사람들이 아름다운 신부를 보려고 몰려왔습니다. 소식을 들은 마녀도 달려왔습니다. 그러나 병사들에게 잡혀 지하 감옥에 갇히고 말았습니다.

그 후 왕자는 라푼젤의 부모를 모셔 와, 함께 행복하게 살았습니다.

The Three Brothers

삼 형제

삼 형제

가난한 아버지와 아들 셋이 살았습니다. 아버지는 가진 것이 달랑 집 한 채뿐이었습니다. 삼 형제는 모두 그 집을 물려받고 싶어 했습니다.

"흠! 참으로 걱정이로군. 이 집을 누구에게 물려주면 좋을꼬?"

곰곰이 생각하던 아버지는 세 아들을 불렀습니

다.

"이제 너희들도 클 만큼 컸으니 도시로 나가 새로운 일을 해 보거라. 가장 뛰어난 기술을 배워 온 사람에게 이 집을 물려줄 것이다."

그리하여 삼 형제는 집을 떠났습니다.

첫째가 말했습니다.

"나는 대장장이가 될 거야."

둘째가 말했습니다.

"나는 이발사가 되고 싶어."

셋째가 말했습니다.

"나는 정원사가 될 거야."

삼 형제는 도시로 나가는 갈림길에서 약속을 했습니다.

"열심히 기술을 익혀서 십 년 뒤에 만나자."

삼 형제는 헤어져 제각기 길을 떠났습니다.

첫째는 대장장이의 제자가 되었습니다. 부지런히 일을 배운 덕분에 임금님의 말에 편자를 박는 사람이 되었습니다. 둘째는 이발하는 기술을 배워 귀족들의 머리를 만지는 사람이 되었습니다. 셋째 역시 성실하게 정원 일을 배웠습니다. 나무 가시에 찔리고 가윗날에 베이기 일쑤였지만 물러서지 않았습니다.

"여기서 멈추면 안 돼. 아버지와 형님들 앞에 부끄럽지 않은 사람이 돼야 해."

세월이 흘러 마침내 셋째도 최고의 정원사가 되었습니다. 십 년이 지나자, 삼 형제는 약속대로 집으로 돌아왔습니다.

"아버지, 저희들이 왔습니다."

어느새 청년이 된 세 아들이 아버지에게 절을 했습니다.

"모두 건강한 모습으로 돌아와 기쁘구나."

세 아들은 아버지 앞에서 기술을 보여 주고 싶었습니다.

"아버지, 저희들이 배운 기술을 보셔야지요."

바로 그때, 토끼 한 마리가 마당을 뛰어가고 있었습니다.

둘째는 재빠르게 그릇에 비누 거품을 풀어 토끼

옆으로 달려갔습니다. 그러고는 눈 깜짝할 사이
토끼 털 위에 하얀 거품을 가득 묻힌 뒤, 번개처럼
털을 잘라 냈습니다.
토끼에게는 손톱만큼의
상처도 없었습니다.

　그 모습을 본
아버지가 껄껄
웃었습니다.
　"멋진 기술이구나.
이 집을 물려받기에 부족함이 없구나."
　"아버지, 아직 판단하시기엔 이릅니다."
　첫째가 밖으로 나갔습니다. 그러고는 달리는 마
차를 쫓아가 말의 발에 박힌 편자를 말끔하게 바
꿔 놓았습니다. 물론 말도 마부도 모르게 감쪽같
이 끝낸 것입니다.

그 모습을 본 아버지가
깜짝 놀랐습니다.
"장하다. 도저히
사람이 한 일이
라고는 믿어
지지 않는구
나."

그러자 셋째가 조용히 말했습니다.

"아버지, 제 기술도 보셔야지요."

셋째는 가방을 열고 정원 손질하는 가위를 꺼냈습니다. 마침 빗방울이 툭툭 떨어지더니 소낙비가 퍼부었습니다.

셋째는 마당 한가운데 선 채 나무를 손질하듯 빗방울을 잘랐습니다. 어찌나 손놀림이 빠른지 머리에 빗물이 한 방울도 떨어지지 않았습니다.

아버지와 두 형은 그 모습을 멍하니 바라보았습니다.

잠시 후, 정신을 차린 두 형이 셋째를 보며 말했습니다.

"막내야, 네 기술은 정말 따를 자가 없구나. 이 집을 물려받을 사람은 바로 너다."

그러자 셋째가 웃으며 말했습니다.

"이 집은 우리 삼 형제의 것입니다. 형님들과 같이 살아야지요."

의좋은 삼 형제는 아버지가 돌아가신 뒤에도 그 집에서 함께 살았습니다.

삼 형제는 평생 다툼 한 번 없이 지냈습니다. 나

이가 들어 큰형이 죽자 얼마 지나지 않아 둘째와 셋째도 세상을 떠났습니다. 사람들은 의좋은 삼 형제를 나란히 묻어 주었습니다.

The Little Folks' Present

난쟁이의 선물

난쟁이의 선물

　꺽다리 양복장이와 등에 혹이 달린 금 세공사가 여행을 하고 있었습니다. 오늘도 두 사람은 부지런히 길을 걸었습니다. 붉게 타오르던 해가 산 너머로 지자, 어둠이 야금야금 몰려왔습니다.

　"밤이 되기 전에 부지런히 산을 넘어가세."

　"암, 그래야지. 산 너머에 가면 여관이 있을 거

야."

두 사람은 쉬지 않고 걸어 산 중턱까지 올랐습니다. 어느새 하얀 달이 휘영청 떠올랐습니다. 그때, 어디선가 아름답고 신비로운 음악 소리가 들렸습니다.

"어디서 이렇게 아름다운 소리가 나는 걸까?"

두 사람은 소리 나는 쪽으로 귀를 기울였습니다.

"저 산 같은데."

금 세공사가 움푹 팬 둔덕을 가리켰습니다.

"한번 가 보세."

두 사람은 언덕을 향해 뛰었습니다.

"세상에나!"

두 사람은 그만 입이 쫙 벌어지고 말았습니다. 언덕에서 난쟁이들이 둥글게 모여 춤을 추고 있었습니다. 노랫소리는 바로 난쟁이들이 부르는 것이었습니다.

그 한가운데 나이가 지긋한 난쟁이 노인이 앉아 있었습니다. 노인의 옷은 별빛처럼 빛났으며 하얀 수염은 가슴까지 내려왔습니다. 두 나그네가 넋을 잃고 바라보자 노인이 손짓을 했습니다.

금 세공사는 서슴없이 노인 앞으로 다가갔습니다. 양복장이도 조심스럽게 금 세공사를 쫓아갔습니다. 노인은 허리에 차고 있던 칼을 빼 들었습니다. 난쟁이의 칼이라지만 서슬이 퍼래서 소름이 돋았습니다. 노인은 양복장이와 금 세공사의 머리카락을 번개처럼 잘라 냈습니다. 두 나그네는 겁이 났지만 아무 말도 못 했습니다. 노인은 두 사람을 보며 부드럽게 웃었습니다.

조금 있자 노인은 석탄이 가득 쌓인 곳을 가리

켰습니다. 그리고 석탄을 호주머니에 담으라는 시늉을 했습니다. 두 나그네는 그 자리를 빨리 벗어나고 싶은 마음에 시키는 대로 했습니다. 석탄을 한 움큼씩 담자 노인은 잘 가라고 손짓을 했습니다. 두 나그네는 그곳을 허겁지겁 빠져나왔습니다. 그리고 피곤에 지쳐 서둘러 여관을 찾아 들어갔습니다.

마을 끝 수도원에서 열두 시를 알리는 종소리가 울렸습니다. 종소리와 함께 산에서 들려오던 노랫소리도 뚝 그쳤습니다. 두 사람은 옷과 신발도 벗지 않은 채 그대로 잠이 들었습니다.

다음 날 아침, 기지개를 켜던 두 사람은 옷이 묵직한 것을 느꼈습니다.

"이런, 호주머니 속에 석탄을 넣고 자 버렸

네."

두 사람은 호주머니에 손을 넣었습니다.

"이게 뭐야?"

호주머니 속에서 나온 것은 반짝거리는 금덩이
였습니다. 게다가 어젯밤 잘려 나간 머리카락도
다시 자라나 있었습니다.

금덩이를 본 금 세공사의 입이 쫙 벌어졌습니
다.

"이보게, 우리 하룻밤 더 묵도록 하세. 그리고
밤에 다시 난쟁이들을 찾아가세. 그러면 금을 더
얻어 올 수 있지 않겠나?"

양복장이는 조용히 고개를 저었습니다.

"난 이 정도면 충분하네. 고향으로 돌아가 사랑
하는 아가씨와 결혼식을 하고도 남을 돈인걸."

금 세공사는 쯧쯧, 혀를 찼습니다.

"자네는 평생 양복장이로 살 팔자야. 그럼 여기서 기다리게나. 난 다시 산으로 올라가 난쟁이 노인에게 금을 얻어 오겠네."

그날 밤, 금 세공사는 큰 자루를 메고 다시 산에 올랐습니다. 언덕에 이르자 난쟁이들이 보였습니다. 난쟁이들은 어제처럼 노래를 부르고 있었습니다. 오늘도 노인은 난쟁이들 한가운데 앉아 있었습니다. 노인은 금 세공사를 보자, 반갑게 손짓을 했습니다. 금 세공사가 다가가자 또 칼을 꺼내더니 머리와 수염을 잘랐습니다. 그러고는 또 석탄이 쌓인 곳을 가리켰습니다.

"그저 고마울 뿐입지요."

금 세공사는 입이 쩍 벌어져 석탄을 자루 가득 담았습니다. 얼마나 무거운지 석탄 자루에 깔릴 지경이었습니다.

"깔려 죽어도 좋아!"

금 세공사는 낑낑거리며 석탄 자루를 끌고 산을 내려왔습니다. 얼마나 힘든지 여관에 오자마자 잠이 들었습니다.

다음 날 아침, 금 세공사는 눈을 뜨자마자 석탄 자루를 풀었습니다.

"아니!"

금 세공사가 하얗게 질린 얼굴로 부르르 떨었습니다.

"무슨 일인가?"

양복장이가 석탄 자루를 들여다보았습니다. 자루 안에는 시커먼 석탄가루만 가득했습니다.

"내 금, 내 금이 어디로 간 거야?"

금 세공사는 미친 듯이 석탄 자루를 뒤엎었습니다. 그러나 시커먼 가루만 풀풀 날렸습니다.

"참, 어제 얻어 온 금덩이가 있었지."

금 세공사는 호주머니 속에 손을 넣었습니다. 하지만 호주머니 속에서도 시커먼 석탄가루만 나왔습니다. 더 끔찍한 일은 난쟁이 노인이 잘라 버린 머리와 수염이 다시 자라지 않는다는 것이었습니다. 게다가 등에는 혹이 한 개 더 생겨 있었습니다.

"아이고아이고!"

금 세공사는 엎드려 통곡을 했습니다.

"내 금을 나눠 줄 테니 그만 울게나."

양복장이는 금덩이 반을 금 세공사에게 주었습니다.

그러나 금 세공사는 조금도 행복하지 않았습니다. 평생 무거운 혹 두 개를 달고 살아야만 했으니까요.

The Golden Goose

황금 거위

황금 거위

옛날 어느 마을에 삼 형제를 둔 부부가 살았습니다. 세 아들 중 막내아들은 늘 굼뜨고 약삭빠르지 못해 '얼간이'라고 불렸습니다.

바람이 좋은 날, 큰아들이 나무를 하러 나섰습니다.

"나무를 하다가 배가 고프면 이걸 먹도록 해라."

어머니는 갓 구운 빵과 잘 익은 술 한 병을 주었습니다. 큰아들은 도시락을 들고 숲으로 들어갔습니다.

"해가 지기 전에 부지런히 일해야지."

큰아들이 열심히 나무를 벨 때였습니다. 부스럭 소리와 함께 회색 모자를 쓴 난쟁이가 불쑥 뛰어나왔습니다.

"젊은이, 배가 고픈데 먹을 것 좀 주시겠소? 목도 마르고 죽을 지경이오."

"갑자기 나타나서 먹을 것을 달라니 무례하시군요. 일하는 데 방해하지 말고 어서 가세요."

큰아들은 한마디로 거절하고 다시

나무를 베었습니다. 그런데 갑자기 팔에 힘이 빠지더니 도끼를 떨어뜨렸습니다.

"아이고, 무슨 일이야. 이런! 팔을 다쳤잖아."

어느새 난쟁이는 사라지고 없었습니다. 큰아들은 아픈 팔을 움켜잡고 숲을 나왔습니다.

며칠 뒤, 둘째 아들이 나무를 하러 나섰습니다.

"제가 형님 몫까지 해 가지고 오겠습니다."

둘째 아들은 씩씩하게 집을 나섰습니다. 이번에도 어머니는 도시락을 싸 주었습니다.

"점심 잘 챙겨 먹고 어두워지기 전에 내려오너라."

둘째 아들은 숲으로 가자마자 부지런히 일을 했습니다.

"형님 몫까지 많이 해 가야지."

그때, 숲을 헤치며 회색 모자를 쓴 난쟁이가 나

타났습니다.

"아침부터 걸어왔더니 배도 고프고 다리도 아픈 걸. 젊은이, 도시락 좀 나눠 먹읍시다."

"참 뻔뻔하군요. 일하는 사람 도시락을 뺏어 먹다니! 부끄럽지도 않으세요?"

그 말에 난쟁이의 얼굴이 새빨개지고 말았습니다. 둘째 아들은 돌아서서 다시 나무를 베었습니다.

"아얏!"

눈 깜짝할 사이 도끼가 미끄러지더니 발등을 찍고 말았습니다. 난쟁이는 이미 온데간데없이 사라진 뒤였습니다.

"아이고, 내 발!"

둘째 아들은 울상이 되어 절룩거리며 숲을 나왔습니다. 두 형이 나란히 누워 있는 것을 본 막내아들이 말했습니다.

"아버지, 제가 형님들 몫까지 나무를 해 오겠습니다."

"그만둬라, 집안일 하나 못 하는 얼간이가 무슨 나무를 해 온다는 게냐?"

아버지는 막내아들이 못 미더웠습니다.

"아니에요, 전 잘할 수 있어요."

"그럼 가서 나무를 해 오든지."

어머니가 말했습니다. 어머니는 하는 짓마다 멍청한 막내아들이 미워서 시커멓게 탄 빵과 쓴 술을 건네주었습니다.

막내아들은 콧노래를 부르며 숲으로 들어갔습니다.

"킁킁, 이건 무슨 나무지?"

막내아들은 나무 벨 생각은 안 하고 나무 향기

만 맡고 다녔습니다. 그때 나무 위에서 회색 모자를 쓴 난쟁이가 뛰어내렸습니다.

"젊은이, 목도 마르고 배가 고파 죽겠어. 도시락 좀 나눠 주구려."

"네, 제 도시락을 드세요."

막내아들은 얼른 도시락을 건네주었습니다.

"목이 마르면 술도 드세요."

도시락을 펼치자, 시커멓고 딱딱한 빵이 부드러운 빵으로 변해 있었습니다. 쓰디쓴 술도 단 술이 되어 있었습니다.

"와! 맛있는 빵과 단 술이에요. 많이 드세요."

막내아들은 즐겁게 도시락을 나누어 먹었습니다. 음식을 다 먹자 난쟁이가 일어서며 말했습니다.

"나를 잘 대접해 주었으니 나도 선물을 하나 주

겠소. 저기 보이는 굴참나무를 베면 그 안에 귀한 보물이 있을 것이오.”

난쟁이는 그 말을 하고 바람처럼 사라졌습니다. 막내아들은 후닥닥 달려가 굴참나무를 베었습니다. 우지직 쿵! 큰 소리와 함께 나무가 쓰러졌습니다.

“아, 눈부셔!”

막내아들은 그만 입이 쫙 벌어졌습니다. 나무 밑동에는 온몸이 황금빛으로 반짝이는 거위 한 마리가 앉아 있었습니다.

“아버지, 어머니가 보시면 좋아하실 거야.”

막내아들은 황금 거위를 안고 숲을 나왔습니다. 한참을 걸어가니 목이 말랐습니다.

“물 좀 먹고 가야지.”

막내아들은 거위를 안고 길 옆 여관으로 들어갔

습니다. 그 여관집에는 딸이 셋 있었습니다.

"저, 물 좀 마실 수 있을까요?"

막내아들이 안고 있는 황금 거위를 본 딸들은 눈이 휘둥그레지며 눈을 떼지 못했습니다.

"저 깃털 한 개만 떼어 가졌으면 좋겠어."

여관집 딸들은 호시탐탐 거위를 노렸습니다. 큰딸이 막내아들 옆에 바짝 붙어 상냥하게 말했습니다.

"물은 부엌에 있습니다. 어서 가서 드시지요. 거위는 제가 보고 있겠습니다."

"고맙습니다."

막내는 거위를 식탁에 올려놓고 물을 마시러 갔습니다.

그러자 큰딸이 재빠르게 거위 날개를 움켜잡았습니다. 순간, 그녀의 손이 거위 날개에 찰싹 붙어 떨어지지 않았습니다.

"어떡해, 어떡해!"

큰딸은 발을 동동 굴렀습니다. 그 소란에 둘째 딸이 달려왔습니다.

"언니, 몰래 깃털을 뽑으려는 거지? 나도 하나 가져야지."

둘째 딸이 거위 날개에 손을 대자, 둘째 딸의 손도 날개에 쩍 붙어 버렸습니다.

"난 몰라, 난 몰라."

큰딸과 둘째 딸이 거위 날개에 매달려 바둥거렸습니다. 바로 그때, 아무것도 모르는 셋째가 들어왔습니다.

"욕심꾸러기 언니들! 나만 빼고 둘이서만 황금 깃털을 가지려 하다니."

두 언니는 울상이 되어 말했습니다.

"셋째야, 부탁이야. 제발 가까이 오지 마."

"쳇! 언니들은 깃털을 뽑으면서 왜 난 안 된다는 거야."

셋째 딸이 성큼성큼 다가와 거위 깃털을 잡았습니다. 그 순간 셋째 딸의 손도 날개에 딱 붙어 버렸습니다. 물을 마시고 나온 막내아들이 이 모습을 보았습니다.

"이게 무슨 일입니까?"

"제발, 이 거위 날개에서 우리를 떼어 주세요."

세 자매는 울면서 사정을 했습니다. 그러나 아무리 애를 써도 손이 떨어지지 않았습니다.

"아무래도 떨어지지 않으니 할 수 없어요. 난 집으로 가야 해요. 그냥 따라오세요."

막내아들이 거위를 끌어안자 세 자매도 질질 끌려 나왔습니다. 그 모습이 참으로 우스꽝스러웠습니다. 막내아들이 오른쪽으로 돌면 세 자매도 오른쪽으로 끌려갔습니다. 왼쪽으로 가면 왼쪽으로 쫓아가야 했습니다. 한참을 그러고 있는데, 마침 길을 지나던 목사가 이 모습을 보았습니다.

"이런, 철딱서니 없는 처녀들 같으니라고! 창피한 줄도 모르고 남자 꽁무니를 졸졸 따라다니니. 어서 손 떼지 못해!"

목사가 호통을 치며 세 자매의 손을 떼려고 했습니다. 그러자 목사의 손도 쩍 달라붙었습니다.

"이 손 놔, 이 마귀들아! 어서 내 손을 놓으라고."

목사는 고래고래 소리를 질렀습니다. 그러나 아무 소용이 없었습니다. 얼마쯤 가자 교회 문지기가 그 모습을 보게 되었습니다.

"목사님, 곧 세례식이 있는데 어디 가시는 겁니까?"

목사는 문지기를 보며 뭐라고 외쳤지만 문지기는 알아들을 수가 없었습니다. 그래서 달려가 목사의 손을 잡아끌었습니다.

"목사님, 교회로 가셔야 합니다."

순간, 문지기의 손도 찰싹 붙어 버렸습니다.

"아이고, 이게 무슨 일인가요?"

문지기도 발을 동동 굴렀지만 어쩔 수가 없었습니다. 자꾸 사람이 늘어나자 막내아들도 불안해지기 시작했습니다.

"안 되겠어. 빨리 집으로 돌아가야지."

막내아들이 뛰기 시작했습니다. 그러자 거위 날개에 매달린 다섯 사람도 함께 달려야 했습니다. 그렇게 들판을 뛰어가는데 농부 두 사람이 그 모습을 바라보았습니다.

"쳐다만 보지 말고 좀 도와줘요."

목사가 농부들을 향해 소리쳤습니다. 농부들이 달려와 목사의 손을 잡아당겼습니다. 그러자 농부들의 손도 달라붙었습니다. 이제 거위 날개에 붙은 사람은 일곱이 되었습니다. 일곱 사람이 서로 소리를 지르고 싸우는 바람에 막내아들은 길을 잃었습니다. 이리저리 헤매던 막내아들이 큰 도시로 들어서게 되었습니다.

도시 한가운데에는 성이 있었는데 그 성의 임금님은 큰 걱정이 있었습니다. 하나뿐인 공주가 무슨 일인지 통 웃지를 않는 것이었습니다. 공주는 늘 어두운 얼굴로 시무룩하게 앉아 있었습니다. 걱정이 된 임금님은 의사들을 불렀습니다.

"별다른 병이 있는 것 같지는 않습니다."

진찰을 마친 의사들이 말했습니다.

"그렇다면 전국에 방을 붙여라. 공주를 웃게 하

는 남자는 공주와 결혼시킬 것이고, 여자라면 큰
보물을 상으로 내릴 것이다."

많은 사람들이 앞다투어 성으로 몰려들었습니
다. 그러나 아무도 공주를 웃게 하지 못했습니다.

그날도 공주는 우울한 얼굴로 밖을 내다보고 있
었습니다. 그런데 갑자기 어둡던 공주의 얼굴에
반짝 빛이 났습니다. 거위 한 마리에 일곱 사람이
붙어 따라다니는 모습을 본 것입니다. 맨 앞에 거

위를 안은 사람은 지칠 대로 지쳐 비틀거렸습니다.

"어머머, 저게 뭐람! 정말 우습다, 호호호!"

깔깔 웃음보가 터진 공주은 배를 잡고 데굴데굴 굴렀습니다. 사람들이 이 광경을 보고 하나둘씩 모여들었습니다. 어느새 성문 앞은 웃음소리로 가득했습니다.

이 사실을 알게 된 왕은 막내아들을 성으로 불렀습니다. 거위에 매달린 일곱 사람도 함께 따라왔습니다. 임금님은 약속을 지켜야 했습니다. 그러나 아무리 봐도 얼간이 막내아들이 마음에 들지 않았습니다.

왕은 곰곰이 생각한 끝에 말했습니다.

"공주와 결혼하려면 몇 가지 능력을 갖춰야 하네. 이 성 지하실에 가면 아주 큰 술통이 있다네. 그 술통 안에 있는 술을 새벽닭이 울기 전에 다 마실 수 있겠나?"

그 말은 들은 신하들이 속닥였습니다.

"거인 백 명이 온다 해도 그 술을 다 마실 수는 없어."

그러나 순진한 막내아들은 흔쾌히 대답했습니다.

"그렇게 하겠습니다."

임금님은 창고 열쇠를 막내아들에게 던져 주었습니다. 막내아들은 황금 거위와 일곱 사람을 그 자리에 놓고 성을 나갔습니다.

"난쟁이 노인을 찾아가야지."

가까스로 굴참나무를 찾아가니 어마어마하게 큰 남자가 앉아 있었습니다. 그 남자는 막내아들을 보자마자 청했습니다.

"너무 목이 마르니 물이든 술이든 마시게 해 주게나. 지금이라면 바닷물이라도 몽땅 마셔 버릴 것 같네."

"정말이세요? 그럼 당장 저를 따라오세요."

막내아들은 그 남자를 데리고 궁궐 술 창고로 갔습니다. 창고 안은 술통으로 가득했습니다. 남자는 술통을 보자마자 벌컥벌컥 마시기 시작했습니다. 첫닭이 울기도 전에 술을 다 마신 남자는 비틀거리며 어둠 속으로 사라졌습니다.

다음 날 아침, 텅 빈 술통을 본 임금님은 깜짝 놀랐습니다.

"흠, 그렇다면 다른 능력도 시험해 봐야겠네. 밀 창고 안에는 일 년치 밀가루가 있네. 그 밀로 몽땅 빵을 만들 거야. 그걸 하룻밤 사이 다 먹어 치울 수 있겠나?"

막내아들은 아무렇지도 않게 대답했습니다.

"네, 먹겠습니다."

임금님은 코웃음을 쳤습니다.

'네놈은 반의반도 못 먹고 배가 터져 죽을 거다.'

막내아들은 다시 난쟁이를 떠올렸습니다.

'난쟁이 노인이라면 도와줄 거야.'

막내아들은 다시 굴참나무 숲으로 달려갔습니

다. 이번에도 거인만큼 큰 남자가 굴참나무 밑동에 앉아 있었습니다.

"이보게, 난 배가 고파 나무라도 베어 먹을 것 같네. 부디 나에게 먹을 것을 좀 주게나."

"그러세요? 그럼 당장 저를 따라오세요."

막내아들은 남자를 데리고 밀 창고로 갔습니다. 창고 안은 김이 무럭무럭 나는 빵이 가득했습니다. 집채만 한 빵이었습니다. 남자는 허겁지겁 빵을 먹기 시작했습니다.

"꼬끼오!"

새벽닭이 울자 빵을 다 먹어 치운 남자는 사라져 버렸습니다.

아침이 되자, 임금님은 한달음에 밀 창고로 달려왔습니다. 밀 창고에는 빵 부스러기조차 없었습니다. 임금님은 다시 막내아들을 불렀습니다.

"마지막 시험을 해 보겠네. 이 일을 해내면 당장 공주와 결혼식을 올리도록 하게."

임금님은 고개를 길게 빼고 한참 생각하다가 말했습니다.

"바다에서도 땅에서도 갈 수 있는 배를 구해 오게나. 구할 수 있겠나?"

"물론입니다."

이번에도 막내아들은 씩씩하게 대답했습니다. 그러고는 곧장 숲속 굴참나무로 달려갔습니다.

"이번이 마지막이랬어."

헉헉거리며 굴참나무로 달려가니 난쟁이가 앉아 있었습니다.

"선생님, 선생님! 제 부탁 한 번만 들어주세요."

막내아들은 무릎을 꿇고 공손하게 말했습니다.

"물에서도 땅에서도 갈 수 있는 배가 필요합니다. 제발 배를 구해 주세요."

"나는 젊은이를 위해서 배가 터지도록 술을 마시고 배가 터지도록 빵을 먹어 치웠네. 그런데 귀한 배까지 구해 달라니, 어찌할까 생각 중이네."

난쟁이는 턱을 괸 채 앉아 있다가 말했습니다.

"자네는 욕심도 없고 마음도 착하니 부탁을 들어주겠네. 하지만 이번이 마지막일세."

"네, 알겠습니다. 선생님!"

난쟁이는 숲으로 들어가 이상하게 생긴 배 한 척을 끌고 왔습니다.

"자, 이 배를 타고 가게나."

난쟁이는 배를 건네주고 사라졌습니다.

막내아들이 배에 오르자 배가 둥실 두둥실 떠올랐습니다. 신기한 배는 숲을 나와 들녘을 지나 도시로 갔습니다. 성벽에서 배를 본 임금님은 그대로 자빠졌습니다. 배가 성에 들어서자 거위 날개에 붙어 있던 사람들이 저절로 떨어졌습니다. 사람들은 신기한 배를 구경하러 몰려들었습니다.

황금 거위가 푸드덕 배로 날아올랐습니다. 순간, 신기한 배와 황금 거위가 사라져 버렸습니다. 임금님은 약속대로 막내아들과 공주를 결혼시켰습니다. 얼간이 막내아들과 공주는 평생 재미있게 살았습니다.

The Master Thief

대단한 도둑

대단한 도둑

초라한 오두막 앞에 늙은 부부가 앉아 있었습니다.

그때 요란한 소리를 내며 마차 한 대가 다가와 멈췄습니다. 검은 말 네 마리가 끄는 마차는 화려한 장식으로 번쩍거렸습니다. 잠시 후, 멋지게 차려입은 신사가 마차에서 내렸습니다. 신사는 부부 앞으로 걸어오더니 이렇게 말했습니다.

"어르신, 제가 시골 음식이 먹고 싶은데, 요리 좀 해 주시겠습니까?"

신사는 간절한 눈빛으로 부부에게 부탁했습니다.

"높으신 분 같은데 초라한 시골 음식을 드시고 싶다니, 기꺼이 대접해 드려야지요."

부부는 서둘러 부엌으로 들어가 식사 준비를 했습니다. 부인이 음식을 만드는 동안 노인이 마당으로 나왔습니다.

"신사 양반, 아까 정원 일을 하다가 말았는데, 좀 도와주시겠소?"

"그러지요."

젊은 신사는 흔쾌히 노인을 따라나섰습니다. 노인은 곧 쓰러질 것 같은 나무를 바로 세우고 줄기에 튼튼한 받침대를 받쳤습니다.

"어르신은 자녀분이 없으신가요? 이렇게 힘든 일을 혼자 하십니까?"

"아들이 하나 있었지요. 영리하고 꾀가 많아서 말썽만 피우더니 어디론가 떠나 버렸습니다. 그 후로는 소식이 없습니다."

노인은 일을 끝내고 돌아섰습니다. 그러자 젊은 신사가 고개를 갸웃했습니다.

"어르신, 저쪽에 있는 나무도 비틀어지고 휘어졌는데 받침대를 받쳐 주셔야지요."

"신사분은 나무를 안 키워 보셨군요. 저 나무는 옹이투성이 늙은 나무랍니다. 아무도 저 나무를 바로 세울 수는 없습니다. 나무는 어릴 때부터 잘 보살펴 주어야 바로 서지요."

"그렇군요. 어르신의 아드님도 어릴 때 잘 보살

펴 주었으면 그렇게 떠나지 않았겠군요."

"당신 말이 맞아요. 그러나 이제 후회해도 소용 없는 일이지요."

"어르신, 만약에 아드님이 나타난다면 알아보시 겠습니까?"

"글쎄요, 오랜 시간이 흘렀지만 어깨에 난 점을 보면 알아볼 것입니다."

그러자 젊은 신사가 양복 윗도리를 벗고 자신의 어깨를 보여 주었습니다.

"세상에! 내 아들이 돌아왔구나."

노인은 와락 아들을 끌어안고 눈물을 흘렸습니다.

"맨손으로 나간 네가 어떻게 이렇게 훌륭한 사람이 되어 왔단 말이냐? 참으로 장하구나!"

노인은 기뻐서 아들의 얼굴을 어루만졌습니다.

"아버지, 잘못 아셨습니다. 사실은 저도 옹이투성이 나무처럼 바르게 크지 못했습니다. 놀라지 마세요. 저는 도둑이 되었습니다."

"뭐라고, 도둑이 되었다고?"

노인은 그 자리에 털썩 주저앉았습니다. 아들은 아버지를 위로하듯 말했습니다.

"도둑이라고는 하지만 뛰어난 재주를 가진 도둑입니다. 부자의 물건을 훔쳐서 가난한 사람을 돕는 도둑인걸요."

"아이고, 얘야. 그래도 도둑은 도둑인 게다. 이게 다 내 탓이다. 어린 나무를 바르게 세워 주지 못해서 이렇게 되었구나."

노인은 울면서 아들을 데리고 부인에게로 갔습니다.

아들이 돌아왔다는 말에 부인은 기쁨의 눈물을

흘렸습니다. 그러나 도둑이 되었다는 말을 듣자 땅을 치며 통곡했습니다.

"아이고, 백작님이 아시면 당장 감옥에 처넣을 게다. 이 일을 어찌하면 좋으냐?"

"어머니, 걱정하지 마세요. 제게도 다 생각이 있습니다."

"아들아, 백작님은 너를 안고 세례를 받으신 대부님이시다. 무슨 낯으로 대부님을 뵐 수 있겠니?"

"아버지, 어머니. 걱정하지 마세요. 백작님에게 가서 인사를 드리고 오겠습니다."

해지 지자 도둑은 마차를 몰고 백작의 성으로 달렸습니다. 백작은 화려한 마차를 몰고 온 신사를 반갑게 맞아 주었습니다. 그러나 도둑이 되었다는 말에 얼굴이 새하얗게 질리고 말았습니다.

게다가 도둑은 의기양양하게 자기가 대단한 기술을 가졌다고 자랑까지 했습니다.

가까스로 마음을 가라앉힌 백작이 말했습니다.

"좋다, 네가 그렇게 잘났다면 얼마나 대단한 기술을 가졌는지 시험해 보겠다. 만약 실수를 하면 네 목숨을 내놓아야 한다."

도둑은 자신만만하게 말했습니다.

"백작님, 이왕이면 아주 어려운 문제로 내 주시지요."

"첫 번째, 마구간에 가서 내 말을 훔쳐 오거라. 마구간에는 내 말을 지키는 병사들이 있다는 걸 명심해라. 두 번째, 나와 내 아내가 자고 있는 동안 침대 시트를 빼내어 보거라.

단, 아내의 손에 낀 반지도 빼내야 한다. 마지막으로 교회에 가서 목사와 집사를 납치해 오도록 해라. 이 세 가지 중 하나라도 실수를 하면 네 목숨은 사라질 것이니 그리 알거라."

"잘 알았습니다."

도둑은 마차를 몰고 어디론

가 사라졌습니다.

도둑이 간 곳은 초라한 노파가 사는 집이었습니다. 도둑은 노파에게 돈을 주고 노파의 옷을 빌려 입었습니다. 그리고 노파가 담근 술을 한 병 얻어 들고 나왔습니다. 머리에는 노파처럼 수건을 쓰고 얼굴에는 흙칠을 했습니다. 술병에는 잠 오는 약을 가득 탔습니다. 도둑은 노파의 모습을 하고 백작의 성으로 돌아왔습니다.

어느덧 달이 휘영청 떠올랐습니다. 도둑은 술 바구니를 등에 지고 비틀거리며 마구간으로 다가 갔습니다. 병사들은 모닥불을 피워 놓고 둥그렇게 앉아 있었습니다. 도둑은 일부러 저만큼 떨어진 풀밭에 앉아 콜록거렸습니다.

"저런! 할머니가 추우실 텐데 저기 앉아 계시네."

병사 하나가 도둑에게 다가왔습니다. 도둑은 더 심하게 기침을 해 대며 온몸을 부르르 떨었습니다.

"아이고, 추워라. 장사를 하고 돌아가는 길인데 너무 늦어서 여기서 자고 가려고 그러네."

"할머니, 이런 데서 주무시면 감기 걸려요. 이리 오세요."

병사는 도둑을 부축해 모닥불이 있는 곳으로 갔습니다. 도둑은 술이 담긴 바구니를 가리키며 말했습니다.

"젊은이, 이것도 좀 들어 주구려."

"이 바구니 안에는 뭐가 있나요?"

"내가 담근 술이라오. 이렇게 따뜻한 자리를 내주었으니 답례로 이 술을 드리겠네."

"정말이세요?"

병사의 입이 활짝 벌어졌습니다. 술이라는 소리를 들은 병사들이 하나둘 모였습니다.

"추운데 한 잔씩들 마셔요. 내 나이만큼 오래된 술이라오."

신이 난 병사들은 너도나도 술잔을 들이켰습니다.

잠시 후, 마구간을 지키던 병사들이 모두 곯아떨어졌습니다. 도둑은 콧노래를 부르며 백작의 말을 끌고 사라졌습니다.

다음 날 아침, 도둑은 훔친 말을 끌고 당당하게 성으로 들어왔습니다.

"백작님, 밤새 안녕하셨습니까? 약속대로 백작님의 말을 끌고 왔습니다."

자신만만한 도둑의 모습에 백작은 기가 찼습니다.

"내 병사들은 도대체 무엇을 하고 있던가?"

"지금쯤 깊은 잠에서 깨어나 말이 없어진 걸 알고 이리저리 뛰어다니고 있을 겁니다."

"첫 번째 시험은 자네가 이겼네. 그러나 두 번째는 쉽지 않을 걸세."

"백작님은 걱정하지 마시고 편히 쉬십시오."

도둑은 느긋하게 성을 걸어 나갔습니다.

그날 밤, 백작은 아내의 손을 꼭 잡고 침실에 들었습니다.

"여보, 절대 내 손을 놓으면 안 되오. 반지 낀 손은 절대로 펴지 않도록 하시오."

백작은 문이란 문은 다 걸어 잠갔습니다.

한편, 도둑은 교수대로 가서 방금 죽은 사형수의 시체를 들쳐 업었습니다. 그리고 쥐도 새도 모르게 백작의 침실 창가 쪽에 사다리를 걸쳤습니다. 도둑은 시체를 둘러맨 채 사다리를 타고 올라가, 창가에 시체의 얼굴을 들이밀었습니다. 마침 창가에 서 있던 백작이 시체를 보고는 새파랗게 질렸습니다.

"도, 도둑이다!"

백작은 얼떨결에 총을 들어 쏘았습니다. 시체는 사다리와 함께 아래로 떨어졌습니다. 그 사이, 도둑은 재빠르게 몸을 감췄습니

다.

"세상에, 내가 무슨 짓을 한 거
야! 총을 쏘다니."

백작은 허겁지겁 마당으로 달려 나갔습니다. 병
사들이 달려오고 밖은 아수라장이 되었습니다.
그 틈을 타서 도둑은 살금살금 백작의 침실로 들
어갔습니다. 갑작스러운 소란에
백작 부인은 덜덜 떨고 있

었습니다. 도둑은 백작의 목소리를 흉내 내며 부인을 불렀습니다.

"부인, 눈을 감으시오. 지금 내 몸은 피투성이라오. 피를 닦아야 하니 침대 시트를 걷어 주시오."

부인은 눈을 꼭 감은 채 침대 시트를 빼서 도둑에게 던졌습니다.

"부인, 할 일이 하나 더 있소. 도둑이 죽었소. 시체를 운반할 병사들 입을 막아야 하니 당신 반지를 빼 주구려."

"나는 반지가 많으니 괜찮습니다. 당장 가지고 가서 병사들의 입을 막으세요."

부인은 얼른 손에 끼었던 반지를 빼 던졌습니다.

"부인, 고맙소. 곧 돌아오리다."

도둑은 침대 시트와 반지를 들고 성을 빠져나왔

습니다.

다음 날 아침, 도둑은 백작 앞에 침대 시트와 반지를 내려놓았습니다. 백작은 힘이 빠진 얼굴로 말했습니다.

"도대체 어젯밤 그 시체는 무엇이란 말이냐?"

"그 시체는 교수대에서 죽은 사형수의 시체였지요."

"이런!"

도둑이 아무렇지도 않게 말하자 백작은 입맛을 쩍 다셨습니다. 하지만 백작은 곧 자신만만하게 말했습니다.

"좋다. 네가 아무리 기술이 뛰어나다고는 하나 세 번째 일은 절대 성공 못 할 것이다."

도둑도 여유롭게 웃으며 말했습니다.

"두고 봐야 알지요."

그날 밤, 도둑은 커다란 자루를 메고 교회로 갔습니다. 자루 안에는 게와 양초가 가득했습니다. 도둑은 교회 뒤에 있는 묘지로 가서 자루를 열었습니다. 자루를 열자 게가 와글와글 기어 나왔습니다. 그는 양초에 불을 붙여 게 등에 하나씩 얹었습니다. 자신의 얼굴에는 검은 수염을 붙이고 수도자들이 입는 검은 옷을 입었습니다.

어느덧 교회 탑에서 종이 열두 번 울렸습니다. 열두 번째 종소리가 끝나자마자 도둑은 큰 소리로 외쳤습니다.

"죄 많은 인간들아, 들어라. 드디어 심판의 날이 왔다. 나는 천국 문을 열고 닫는 베드로다. 지금 천국으로 가는 자들이여, 이 자루 안으로 들어갈지어다."

도둑은 큰 자루 두 개를 교회 마당에 펼쳐 놓았

습니다. 이 소란에 목사와 집사가 잠옷 차림으로 뛰쳐나왔습니다.

"대체 이게 무슨 일이오?"

어수룩한 집사가 묘지 쪽을 가리켰습니다.

"목사님, 저 빛 좀 보세요. 천사들이 내려오고 있어요. 우리도 얼른 이 자루 안으로 들어가야지요."

묘지 뒤에는 수많은 불빛이 반짝거렸습니다. 게들이 양초를 등에 얹고 기어 다니고 있었던 것입니다.

"드디어 주님이 오시는군요."

목사와 집사는 허겁지겁 자루 안으로 들어갔습니다. 도둑은 목사와 집사가 들어간 자루를 밧줄로 꽁꽁 묶어 마차에 실었습니다. 마차가 덜컹거릴 때마다 자루 안에서 두 사람이 외쳤습니다.

"우리는 지금 어디로 가는지요?"

"기다려라! 곧 천국의 계단에 오를 것이다."

마침내 도둑은 자루 두 개를 끌고 성의 층계를 올랐습니다. 층계에 있던 비둘기들이 화들짝 놀라 파닥파닥 날아올랐습니다.

"들리는가, 천사들의 날갯짓 소리가!"

"네, 들리고말고요."

드디어 도둑은 백작 앞에 자루를 내려놓았습니다.

"자, 드디어 천국이오. 어서 나와 천국을 구경하시오."

자루를 풀자 목사와 집사가 엉금엉금 기어 나왔습니다. 그 모습을 본 백작이 하하, 웃음을 터트렸습니다.

"내가 졌다. 네 기술은 정말 훌륭하구나."

"대부님, 감사합니다."

도둑이 공손하게 인사를 했습니다.

"잘 들어라. 도둑질을 하지 않는다고 약속하면 내 딸과 결혼해도 좋다. 그것이 싫다면 당장 이 나라를 떠나도록 해라. 나라 안에 도둑이 득실거리는 꼴은 볼 수가 없다."

그러자 도둑이 말했습니다.

"전 곧 이 나라를 떠나 자유롭게 세상 구경을 할 것입니다. 그리고 다시는 도둑질을 하지 않겠습니다."

도둑은 그 말을 남긴 채 성을 떠났습니다. 그 뒤로 아무도 도둑의 소문을 듣지 못했습니다.

Little Briar-Rose

잠자는 숲속의 공주

잠자는 숲속의 공주

"우리가 아기를 갖게 해 주세요."

아름다운 왕비는 날마다 빌었습니다.

그러던 어느 날, 샘 가에서 개구리 한 마리가 나와 말했습니다.

"왕비님, 걱정하지 마세요. 봄이 오면 예쁜 딸을 낳을 것입니다."

신기하게도 개구리의 말이 맞았습니다.

다음 해 봄, 왕비는 귀여운 딸을 낳았습니다. 기쁨에 찬 왕은 큰 잔치를 벌였습니다. 친척과 친구들은 물론 지혜로운 요정 열세 명도 초대하기로 했습니다. 그런데 안타깝게도 요정들에게 대접할 황금 접시 한 개가 깨지고 말았습니다. 황금 접시가 열두 개밖에 없었기 때문에 왕은 할 수 없이 열

두 요정만 초대할 수밖에 없었습니다.

나팔이 울리고 성 안팎에서 축하 잔치가 벌어졌습니다. 잔치가 무르익어 갈 무렵, 요정들은 공주에게 선물을 주었습니다. 그것은 아름다움, 착한 마음씨, 재물, 건강 등 기적의 선물이었습니다. 마지막으로 열두 번째 요정이 선물을 주려고 할 때였습니다. 기분 나쁜 웃음소리가 성 안을 맴돌았습니다.

"흥, 감히 나를 빠뜨리다니!"

초대받지 못한 열세 번째 요정이 나타난 것입니다. 그 요정은 노여움과 분노에 찬 눈으로 공주를 바라보며 말했습니다.

"넌 열다섯 살이 되면 물레 바늘에 찔려 죽을 것이다."

열세 번째 요정은 그 말을 남기고 바람처럼 사

라졌습니다. 왕과 왕비는 물론, 그곳에 모인 모든 사람들은 두려움에 떨었습니다. 그때 아직 선물을 안 준 열두 번째 요정이 말했습니다.

"아직 내 선물이 남아 있습니다. 열세 번째 요정의 마법을 풀 수는 없지만, 공주의 목숨을 구할 수는 있습니다."

열두 번째 요정이 주문을 외우기 시작했습니다.

"공주는 물레 바늘에 찔리고, 백 년 동안 잠들 것이다. 그리고 사랑하는 이의 입맞춤으로 긴 잠에서 깨어날 것이다."

공주는 이 주문으로 가까스로 죽음을 면하긴 했지만, 백 년 동안 긴 잠을 자야 했습니다. 왕은 자나 깨나 걱정이 되어 나라 안의 물레 바늘을 모조리 없애라고 명령했습니다.

한편, 공주는 열두 요정들의 약속대로 아름답고

지혜롭고 착하게 자랐습니다. 누구에게나 친절했으며 늘 밝은 얼굴로 사람들을 즐겁게 해 주었습니다. 성 안팎에서 공주의 칭찬이 자자했습니다.

마침내 열다섯 살이 되던 어느 날이었습니다. 왕과 왕비는 나라의 큰 행사로 정신이 없었습니다. 그사이 공주는 궁궐 이곳저곳을 돌아다녔습니다. 그러다 꼬불꼬불한 층계를 보게 되었습니다. 층계에는 먼지가 자욱했습니다.

"이런 곳은 처음 보는데."

공주는 치마를 걷어 들고 사뿐사뿐 층계를 올라갔습니다. 층계를 올라가자 곧 부서질 것 같은 낡은 문이 보였습니다. 낡은 문에는 녹슨 열쇠가 걸려 있었습니다. 공주는 가만히 열쇠를 돌렸습니다.

삐꺽, 힘겹게 문이 열리자 한 노파가 물레를 돌

리고 있었습니다. 마치 안개에 싸인 듯 노파도 물레도 뿌옇게 보였습니다.

"할머니, 여기서 뭐 하시는 거예요?"

공주가 다가가자 노파가 빙그레 웃었습니다.

"베를 짠다우."

"베요? 그건 어떻게 짜는 건가요?"

공주는 노파 옆으로 한 발 더 다가갔습니다.

"이걸로 짜지."

노파가 물레 바늘을 공주 앞으로 내밀었습니다. 공주는 신기한 듯 바늘을 건네받았습니다. 순간, "아얏!" 하는 외마디 소리가 들렸습니다. 공주가 물레 바늘에 찔린 것입니다.

노파는 열세 번째 요정이 변신한 모습이었습니다. 열세 번째 요정이 준비한 물레 바늘에 찔린 공주는 그대로 쓰러졌습니다. 그리고 깊고 깊은 잠

속으로 빠져들었습니다. 공주뿐만 아니라 왕과 왕비를 비롯한 성 전체가 공주와 함께 잠이 들었습니다. 정원의 꽃과 나무, 성문을 지키는 병사, 정원의 개, 성벽 위의 비둘기, 요리사, 심부름하던 아이까지 맥없이 쓰러져 버렸습니다. 성을 지나던 바람조차도 움직이지 않았습니다.

그렇게 모든 시간이 멈춘 채 세월이 흘렀습니다. 성 둘레에는 들장미가 무성히 자라 숲을 이루었습니다. 얼마나 쑥쑥 크는지 장미 넝쿨은 성벽을 기어 올라가 지붕 위의 깃발까지 덮어 버렸습니다. 이제 성의 모습은 찾아볼 수 없었습니다.

많은 사람들이 성으로 들어가려고 했지만 장미 가시에 찔려 들어갈 수가 없었습니다. 공주에 대한 소문은 온 나라에 퍼졌습니다. 그러나 아무도 공주를 구할 수 없었습니다. 가끔 이웃 나라 왕자

들이 공주를 구하러 왔지만 장미 가시에 찔려 옴
짝달싹 못하고 돌아갔습니다. 그렇게 긴 세월이
지나고 있었습니다.

이웃 나라에 열다섯 살이 된 왕자가 있었습니
다. 왕은 오래전부터 내려온 들장미 성에 대한 이
야기를 왕자에게 들려주었습니다.

"아름다운 공주가 백 년 동안 잠을 자고 있다는
구나."

그 말을 들은 왕자는 공주가 보고 싶었습니다.

"아버님, 제가 공주를 깨워 왕비로 삼고 싶습니
다."

왕은 고개를 저었습니다.

"지금까지 그 성 안으로 들어간 사람은 없어. 아
마 공주는 영원히 잠에서 깨어나지 못할 거야."

"슬픈 이야기로군요."

왕자의 눈에 눈물이 맺혔습니다.

그날 밤, 왕자는 말을 타고 들장미 성으로 달려 갔습니다. 먼 길을 달려 왕자는 마침내 들장미 성 앞에 도착했습니다. 소문대로 성은 보이지 않고 장미 넝쿨만 숲을 이루고 있었습니다. 왕자는 조심조심 장미 넝쿨을 헤치며 성으로 들어갔습니다. 왕자가 지나갈 때마다 장미 가시가 툭툭 떨어졌습니다. 백 년의 시간이 다 되어 가자 마법의 힘이 약해진 것입니다.

성 안의 모든 것은 백 년 전 그대로였습니다. 왕과 왕비는 물론 벽에 붙은 파리조차도 그 자리에 있었습니다.

"이럴 수가!"

왕자는 잠든 사람들을 흔들어 보았지만 꿈쩍도 하지 않았습니다. 공주가 잠들어 있는 탑으로 올라가는 길은 장미 넝쿨에 뒤엉켜 있었습니다. 꼬불꼬불한 층계도 넝쿨에 덮여 있었습니다. 왕자는 칼로 장미 넝쿨을 쳐 내며 탑으로 올라갔습니다.

탑에 올라서자 녹슨 자물쇠가 장미 가시에 싸여 있었습니다. 왕자가 손을 대자 장미 가시가 툭툭 떨어졌습니다. 왕자는 자물쇠를 풀고 오래되어 부서질 것 같은 쇠문을 열었습니다.

문을 열자 장미 향기가 가득했습니다. 공주는 물레 옆에 쓰러져 자고 있었습니다. 쌔근쌔근 자고 있는 공주의 볼은 방금 잠든 사람처럼 붉었습니다. 아름다운 공주의 모습에 왕자는 넋을 잃었습니다.

왕자는 살며시 다가가 공주의 볼에 입을 맞추었습니다. 순간, 공주가 반짝 눈을 떴습니다. 공주의

초롱초롱한 눈동자가 왕자를 바라보았습니다.

왕자는 정중하게 인사를 했습니다.

"공주님, 드디어 긴 잠에서 깨어나셨군요."

"아! 정말 오랫동안 잔 것 같아요."

공주가 기지개를 켜자 잠들어 있던

모든 것들이 깨어났습니다. 지붕에서는 파드득 비둘기가 날고 마당에서는 컹컹 개들이 짖었습니다.

"공주님, 들리세요? 성 안의 모든 것들이 깨어나고 있어요."

왕자가 창문을 활짝 열어 주었습니다.

"왕자님이 저를 깨워 주셨군요."

"자, 이제 내려가셔야지요."

공주는 사뿐사뿐 탑을 내려왔습니다.

어느새 장미 넝쿨은 사라지고, 정원에는 푸른 나무와 색색의 꽃들이 가득했습니다. 신하들은 바쁘게 움직였고 왕과 왕비가 환하게 공주를 맞아 주었습니다.

"우리를 잠에서 깨어나게 해 준 왕자에게 고마움을 전하오."

왕은 이웃 나라 왕자에게 보답으로 공주와의 결혼을 허락했습니다. 이웃 나라 왕자는 소원대로 공주를 아내로 맞이하여 행복하게 살았습니다.

그림 형제
(Jacob Ludwig Carl Grimm, 1785~1863
Wilhelm Carl Grimm, 1786~1859)

형 야콥 그림과 동생 빌헬름 그림은 독일 헤센 주 하나우에서 태어났습니다. 형제는 어려서부터 늘 붙어 다니며 옛이야기를 읽고 말하는 것을 좋아했습니다. 그림 형제는 법률가인 아버지의 영향으로 대학에서 법률을 공부했고, 이후 언어학과 문헌학도 공부했습니다.

그림 형제는 독일 백성들 사이에 전해 내려오는 신화나 설화, 전설, 민속 등에 관심이 많았습니다. 형제는 사람들의 입에서 입으로 전해지는 노래나 이야기를 모아 언어가 어떻게 달라져 왔는지 학문적으로 살펴보고자 했습니다. 이 과정에서 점차 재미있는 이야기가 많이 모이자, 형제는 이야기들을 묶어 책으로 출판하기로 결정했습니다.

그림 형제는 자신들이 몇 년에 걸쳐 모아 온 이야기들을 정리해 1812년 『어린이와 가정을 위한 동화집』을 출간했습니다. 그 책이 바로 지금의 『그림 형제 동화』입니다.

『어린이와 가정을 위한 동화집』은 처음 출간되자마자 많은 사람들에게 읽히며 큰 인기를 끌었습니다. 이에 힘입어 그림 형제는 1815년에 제2권을, 1822년에는 제3권을 출간했습니다. 두 사람은 이야기책 외에 『독일 전설』, 『독일어 사전』 등 전문적이고 학문적인 책도 펴냈습니다.

그림 형제의 동화는 재미있는 동화로서도 가치가 높지만, 독일 설화 문학을 탄생시켰다는 데 의미가 있습니다. 그림 형제가 쓴 동화의 원본은 2005년 유네스코가 지정하는 세계 기록 유산에 등재되었습니다. 그리고 지금도 계속해서 전 세계 언어로 번역되며 출간되고 있습니다.

그림 형제의 동화가 시대를 초월하여 지속적으로 사랑받고 회자되는 이유는 무엇일까요? 특히 인종과 국가를 불문하고 모두에게 읽히는 특징이 있는데, 그 이야기 속에 바로 우리 인생을 관통하는 지혜가 담겨 있기 때문입니다. 우리는 평생을 살아가며 어린 시절 할머니와 어머니가 들려주셨던 이야기를 가슴속에 담고 살아갑니다. 그때 이야기 속에서 배운 교훈과 지혜가 어쩌면 학교에서 배우는 지식보다도 우리 삶에 더 큰 영향을 미치는지도 모릅니다.

그림 형제의 동화들이 할아버지에게서 아버지로 그리고 자녀에게로 영원히 이어지는 것은 클래식 즉, 명작이란 무엇인지 그 조건과 역할의 본질을 생각하게 합니다. 명작은 곧 전통이자 문화가 되기 때문입니다.

팡세 미니

젊은 문학을 새롭게 이끄는 소설가 천선란이
작품별 추천사를 덧붙여 명작 읽기의 르네상스를
제안합니다. 누구나 곁에 두고 평생 읽을 수 있도록
원작을 쉽고 편안하게 다듬어 엮었습니다.

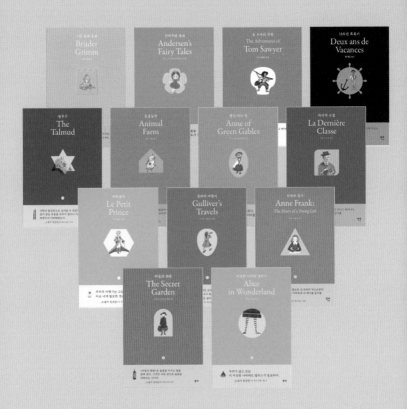